# シェイクスピア観劇手帖

檜 振一郎

英宝社

# はしがき

『ジュリアス・シーザー』3幕1場に，こんな台詞があります．

　　千載ののちまでもわれわれのこの壮絶な場面は
　　くり返し演じられるだろう，いまだ生まれぬ
　　国々において，いまだ知られざる国語によって．
　　　　　　　　　　　　How many ages hence
　　　　　Shall this our lofty scene be acted over
　　　　　In states unborn and accents yet unknown!

　この予言通りになりましたが，この芝居のみならず，シェイクスピアは日本でも明治時代から受け入れられて，読まれ，舞台にかけられ長く親しまれてきました．「知られざる国語によって」と書いたシェイクスピアですが，もし遠い日本で自分の芝居が日本語に全訳され，毎月あちこちでいくつも上演されていると知ったら，きっとビックリ仰天することでしょう．

　この本は芝居としてのシェイクスピアに焦点を当てて，「見やすく，分かりやすい」を第一に心掛けましたが，本書の構成と内容について簡単に触れておきます．

〚舞台〛　ほとんど上演されない芝居もあれば，本国に引けを取らないのではないかと思われるくらいたびたび舞台にかけられる芝居もありますが，日本人による初演，特筆すべき舞台・演出などについてごく簡単に記しました．

〚主な登場人物〛　劇中での主な役割についてです．100行以上の台詞のある人物は全員，その他は役割を考慮して選びました．［　］内に入れた台詞の行数は，Leslie Dunton-Downer & Alan Riding: *Essential Shakespeare Handbook*. (DK, 2004) に依りました．

〖あらすじ〗　主人公を中心とした主筋の概略です．現行の区分に従って 5 幕に分けましたが，この通りに 5 幕として上演されることはなく，一度の幕間を挟んで 2 幕として上演されるのがふつうです．

〖名場面・名台詞〗　最も印象的な場面・名台詞から数箇所を選びました．(ここでは幕・場を記しました) 原文を知りたい方もいらっしゃると思い，翻訳だけでなく原文も載せました．翻訳は小田島雄志訳 (白水社, 1983 年刊) を使用させていただきました．快く承諾をしてくださった先生に心から感謝いたします．また引用したシェイクスピアの原文は，主に *Riverside Shakespeare* (2nd ed., Houghton Mifflin Company, 1997) に依っています．

〖余談〗　芝居にまつわるちょっとした裏話・逸話などです．

〖映画〗　舞台と同じく「見る」シェイクスピアとして，ごく一部ですが主な映画を紹介しました．(DVD で見ることのできる映画も少なくありません) なお映画の題名は，翻案などで異なる場合にのみ入れました．

　観劇の前や幕間に，或いは劇場に足を運ばなくとも，どんな芝居か，どんな人物が出てくるのか知りたい時，また記憶をはっきりさせたい時などに，手軽な手引きとして利用していただけるならとても嬉しく思います．

　では，映画やテレビ・ドラマを見ると同じような気持ちで，どうぞシェイクスピア劇をお楽しみください．

　　シェイクスピア没後 400 年の年に

著　者

# 目　　次

| | |
|---|---:|
| はしがき | 3 |
| 喜劇 | |
| 　間違いの喜劇 | 9 |
| 　じゃじゃ馬ならし | 13 |
| 　ヴェローナの二紳士 | 17 |
| 　恋の骨折り損 | 21 |
| 　夏の夜の夢 | 25 |
| 　ヴェニスの商人 | 29 |
| 　ウィンザーの陽気な女房たち | 33 |
| 　から騒ぎ | 37 |
| 　お気に召すまま | 41 |
| 　十二夜 | 45 |
| 　トロイラスとクレシダ | 49 |
| 　終わりよければすべてよし | 53 |
| 　尺には尺を | 57 |
| 幕間ばなし | |
| 　歌舞伎とシェイクスピア | 61 |
| 　歌舞伎役者とシェイクスピア | 62 |
| 悲劇 | |
| 　タイタス・アンドロニカス | 63 |
| 　ロミオとジュリエット | 67 |
| 　ジュリアス・シーザー | 71 |
| 　ハムレット | 75 |
| 　オセロー | 81 |
| 　リア王 | 85 |
| 　マクベス | 89 |
| 　アントニーとクレオパトラ | 93 |
| 　コリオレイナス | 97 |
| 　アテネのタイモン | 101 |

幕間ばなし
　築地小劇場初のシェイクスピア劇 ........................ 105
　東京グローブ座とシェイクスピア ........................ 106
史劇
　ジョン王 ................................................ 107
　リチャード二世 .......................................... 111
　ヘンリー四世　第一部 .................................... 115
　ヘンリー四世　第二部 .................................... 118
　ヘンリー五世 ............................................ 121
　ヘンリー六世　第一部 .................................... 125
　ヘンリー六世　第二部 .................................... 128
　ヘンリー六世　第三部 .................................... 130
　リチャード三世 .......................................... 135
　ヘンリー八世 ............................................ 139
幕間ばなし
　ミュージカルとシェイクスピア ............................ 143
　黒澤明とシェイクスピア .................................. 144
ロマンス劇
　ペリクリーズ ............................................ 145
　シンベリン .............................................. 149
　冬物語 .................................................. 153
　テンペスト .............................................. 157

図版・引用出典一覧 ........................................ 163

シェイクスピア観劇手帖

それならばこのお友だちの手をとられるがいい，
あなたの耳に入れたい話がおありのようだ．
　　　（『尺には尺を』4幕1場）
　Take then this your companion by the hand,
　Who hath a story ready for your ear.
　　　(*Measure for Measure*, Act 4, Scene 1)

# 間違いの喜劇
## (The Comedy of Errors)

高橋康也作・野村萬斎演出『まちがいの狂言』(2010年,
世田谷パブリックシアター) ちらし

【舞台】　初演は1951 (昭和26) 年, 坪内逍遙訳 (「間ちがひつ
づき」)・加藤長治演出による早稲田大学・大隈講堂.

　シェイクスピア・シアターは1975 (昭和50) 年に初演して以
来, 小田島雄志訳で上演しているが, 演出の出口典雄はト書には
ない白いボールを使う. そのボールは, お金になり, 「時」のハゲ
頭になり, ネルの体が喩えられる地球になり, 門になり, 最後に
は「舞台に置かれて, われわれが求めている調和, 永遠の願いで
ある調和の象徴」(出口典雄) となる.

　「ややこしや　ややこしや (三度繰り返し) わたしがそなたで
そなたがわたし」で始まる『まちがいの狂言』は英文学者高橋康
也による翻案で, 初演は2001 (平成13) 年, 世田谷パブリック
シアター. 同年にロンドンのシェイクスピア・グローブ座の舞台
にもかかり好評であった. 2010年に再演された.

〚主な登場人物〛
**ソライナス**　エフェサスの公爵．イージオンに同情するが法は曲げられず，寛大な処置をする．
**イージオン**　シラキュースの商人．我が子を探してあちこちの国を巡り，禁を破ってエフェサスに上陸する．［143行］
**エミリア**　イージオンの妻．海難で家族と離ればなれになり，修道女院で院主になっている．
**アンティフォラス兄**　イージオンの長男．海難で親兄弟と離ればなれになるが，エフェサスで結婚して妻がいる．
**アンティフォラス弟**　その双子の弟．父親のもとで育つが，18歳になって兄を捜す旅に出て，エフェサスに来る．
　［269行で最多／兄は210行］
　（〚あらすじ〛では単に「兄」「弟」と略す）
**ドローミオ兄**　アンティフォラス兄の召使い．［156行］
**ドローミオ弟**　アンティフォラス弟の召使い．［246行］
　この二人も双子．（「召使い兄」「召使い弟」と略す）
**エドリエーナ**　アンティフォラス兄の妻．双子の弟を夫と間違えて不可解なことを言うので，気が狂ったと思ってしまう．
**ルシアーナ**　エドリエーナの妹．アンティフォラス弟に愛を告白される．［95行／エドリエーナは264行］
**リュース（ネル）**　「まんまるなところは地球そっくり」のエドリエーナの女中．ドローミオ弟に言い寄る．
**アンジェロ**　金細工師．兄に依頼された金の首飾りを弟に渡してしまう．
**バルターザー**　商人．兄に食事に招かれる．
**ドクター・ピンチ**　教師．エドリエーナに頼まれて，正気に戻すため，兄と召使い兄に祈祷を行う．
**娼婦**　兄に指輪を渡し，首飾りと交換することになっているが，弟に「悪魔」と言われて，兄は気が狂ったと思う．

〚場面〛　エフェサス（現在のトルコに含まれる古代都市）

## 【あらすじ】

「どうか公爵，私に死刑宣告のご処置を」と，不法入国して捕えられたイージオンは乞う．一千マルクを支払わない限り死刑だが，身の上話を聞いて同情した公爵は一日の猶予を与える．

兄を探しに何年も前に国を出た弟はエフェサスにいた．弟は召使い弟に金を宿に置いてくるように命じる．その後で双子の召使い兄が通りかかり，召使い弟と間違えられる．（第1幕）

兄の妻エドリエーナは，夫も探しに行った召使い兄も戻らないのを気にしている．召使い兄が戻って，旦那の様子がおかしいと報告する．一方，弟は先ほど会ったのは召使い兄とは知らず，「とんちんかんな返事をしやがって」と戻った召使い弟を責める．そこへやって来たエドリエーナとルシアーナが二人を間違えて，有無を言わさず家に連れて行く．（第2幕）

兄と召使い兄は帰宅すると，主人の名を騙る奴と思われて，門を開けてもらえない．諦めた兄は他で食事をすることにし，一緒に来たアンジェロに注文した首飾りを持ってくるように頼む．家の中では，ルシアーナに恋した弟だが，話がかみ合わず魔女が住むようなところと思い，逃げることにする．その途中でアンジェロに会うと首飾りを渡される．（第3幕）

兄はアンジェロに首飾りの代金を請求されて，受け取ってない物は払えないと言って逮捕される．途中で会った召使い弟が出航の準備ができたと言うと，兄は保釈金を用意してくるように命じる．召使い弟は保釈金を取ってくるが，渡した相手は弟であった．夫に会ったエドリエーナは話がかみ合わず，夫は気が狂ったと思う．兄と召使い兄は警吏に連れていかれるが，弟と召使い弟が現れ，逃げてきたと思われる．（第4幕）

縛って連れて行かれようとした弟と召使い弟は修道女院に逃げ込む．刑場に向かうイージオンは兄と召使い兄に会い，別れを告げるが，二人は誰か分からない．そこへ院主エミリアが弟と召使い弟を伴って現れ，すべてが明らかになる．イージオンは公爵の恩赦により許され，家族はめでたく再会する．（第5幕）

〖名場面・名台詞〗
　1幕2場,アンティフォラス弟は自分を譬えて,
　　この広い世界に対して,おれは一滴の水だ.
　　　　I to the world am like a drop of water.
そして,もう一滴の兄を捜し求めている,と独白する.
　3幕2場,エドリエーナに夫と間違えられて家に連れて行かれたアンティフォラス弟は,妹ルシアーナに恋する.
　　私の心はもっとずっとあなたのほうに傾いています.
　　ああ,美しい人魚サイレン,あなたの美しい歌で
　　私を誘わないでください.
　　　　Far more, far more, to you do I decline.
　　　　O, train me not, sweet mermaid, with thy note.
　5幕1場,夫と子供たちに再会したエミリアの言葉.
　　私の息子たち,私は三十三年のあいだ
　　おまえたちを産む苦しみを味わって,
　　ようやくいま難産を終えた心地ですよ.
　　　　Thirty-three years have I but gone in travail
　　　　Of you, my sons, and till this present hour
　　　　My heavy burden ne'er delivered.
　同場,アンティフォラス兄は弟を見て言う.
　　おまえはおれの弟じゃなく鏡みたいだぞ,
　　おまえを見てるとおれもなかなかいい男らしいや.
　　　　Methinks you are my glass, and not my brother:
　　　　I see by you I am a sweet-fac'd youth.

〖余談〗　1,786行の最も短い芝居(最長は『ハムレット』の4,024行)で,一つの筋が,一つの場所で,一日のうちに展開する「三統一の法則」に則った作品.(『テンペスト』160頁参照)
〖映画〗　1940年,『シラキュースからの男たち』(*The Boys from Syracuse*), A.E. サザランド監督.この芝居を下敷きにしたブロードウェイのミュージカルを映画化したもの.

# じゃじゃ馬ならし
## (The Taming of the Shrew)

三神勲訳・千田是也演出,俳優座(1988年,東京グローブ座)ちらし

【**舞台**】 初演は1911(明治44)年,翻案『駻婦ならし』で,大阪・朝日座.その後も翻案「最愛の妻」「どちらが夢だ」として上演された.坪内逍遙訳による初演(加藤長治演出)は,1929(昭和4)年,地球座の帝国ホテル演芸場.

1966(昭和41)年,劇団雲の日生劇場公演(福田恆存訳・演出)では原作にはないエピローグが訳者によって書き加えられ,スライが夢から覚めた場を見せた.或いは序幕をカットする演出もある.

1988(昭和63)年の俳優座の公演では,カタリーナを栗原小巻が演じた.「…でんぐりかえったり,はね回ったりで元気いっぱい.それだけでもう舞台を楽しくしてしまうのだから魅力的な女優だ」(河村常雄) との評があるが,ペトルーチオに対してカタリーナをどう演じるかが最大の見どころであろう.

## 〖主な登場人物〗

(序幕)

**領主**　狩りの帰りに野原で寝ていた男を見て, いたずら心が頭をもたげる. [146行]

**クリストファー・スライ**　鋳掛け屋. 酔って野原で眠っていて目を覚ますとベッドの上で, 「殿」と呼ばれその気になる.

**居酒屋のおかみ**　酔っぱらったスライを外に叩き出す.

(本幕)

**バプティスタ**　パデュアの富裕な紳士. 上の娘が片付くまでは下の娘は嫁に出さないつもりでいる. [175行]

**カタリーナ (ケイト)**　バプティスタの長女.「じゃじゃ馬カタリーナ」と呼ばれ, 気性が激しい. [219行]

**ビアンカ**　バプティスタの次女. 姉とは違いおしとやかで三人に求婚されるが, ルーセンショーと結ばれる.

**ペトルーチオ**　ヴェローナの紳士.「おれの求婚のダンスに伴奏をつけるのは金の音なのだ」と金持ちの嫁を求め, カタリーナのことを聞いて求婚する. [586行]

**グルーミオ**　ペトルーチオの召使い. [170行]

**ヴィンセンショー**　ピサの豪商, 息子に会いに来ると自分の名をかたる者がいる.

**ルーセンショー**　ヴィンセンショーの息子. ビアンカに一目惚れし, ラテン語の家庭教師キャンビオと名のり近づく.

**トラーニオ**　ルーセンショーの召使い. 主人の身代わりになる. [293行 / 主人は190行]

**ビオンデロ**　ルーセンショーの召使い. [102行]

**ホーテンショー**　ペトルーチオの友人. 音楽の家庭教師となってビアンカに求婚するが, **未亡人**と一緒になる. [207行]

**グレミオ**　金持ちの老人. ビアンカの求婚者. [171行]

**マンチュアの学校教師**　ルーセンショーの父に仕立てられる.

〖**場面**〗　イタリア (パデュア, およびペトルーチオの別荘)

## 【あらすじ】

（序幕）　領主は，酩酊して野原で眠っていたスライを連れて行き，15年間眠っていた領主と思わせ，彼に見せる芝居が始まる．

（本幕）　バプティスタは，グレミオとホーテンショーに姉の方が片付かない限り，妹は嫁がせないと話す．カタリーナはじゃじゃ馬で貰い手がいない．妹ビアンカを見てルーセンショーは恋に落ちる．召使いのトラーニオに自分の身代わりをさせ，自身は家庭教師キャンビオとして近づこうとする．ホーテンショーは，財産があれば誰でも，というペトルーチオにカタリーナを勧め，音楽の家庭教師として近づく魂胆．（第1幕）

ホーテンショーはカタリーナにリュートで頭を殴られひどい目に遭う．ペトルーチオはカタリーナを嫁に欲しいと父親に願い出て，カタリーナを誉めそやし「飼いならす」と言う．ペトルーチオは，罵詈雑言のカタリーナをものともせず，結婚式を決めてしまう．（第2幕）

ルーセンショーはラテン語を訳す振りをして愛を伝える．ビアンカが彼に「惚れこんだらしい」と察したホーテンショーは諦めて別の女性を探すことにする．結婚式に遅れて，しかも奇妙ないでたちで姿を見せたペトルーチオは，式は済ませるが，披露宴の前にカタリーナを別荘に連れ去る．（第3幕）

ペトルーチオは召使いたちを怒なりちらし，まずいといって料理の皿を投げ，カタリーナに食事も与えず，「野性の鷹を手なずけ飼い主の思いどおり」にしようとする．主人の財産を保証する役が必要なトラーニオは，旅の途中の教師を見つけ，「大旦那のヴィンセンショー」に仕立てあげるが，本人と鉢合わせしてしまう．（第4幕）

結局，ホーテンショーは未亡人と結ばれ，3組の夫婦が誕生する．新郎たちは誰が一番従順な妻か賭けをすると，勝ったのは何とカタリーナであった．カタリーナは妻として夫に仕える義務について話すと，「まったくみごとなじゃじゃ馬ならしの手綱さばきだ」とホーテンショーは感心する．（第5幕）

〖名場面・名台詞〗
　1幕1場,ビアンカに一目惚れしたルーセンショー.
　　おれは見たぞ,あの人の珊瑚色の唇が動くと,
　　その息であたりがかぐわしい香りに包まれるのを.
　　おれがあの人に見たものはすべて神々しく美しかった.

　　　I saw her coral lips to move,
　　　And with her breath she did perfume the air.
　　　Sacred and sweet was all I saw in her.

　2幕1場,ペトルーチオはカタリーナが,どんなじゃじゃ馬でもおとなしくさせてみせます,と父親に喩えで言う.

　　小さな炎は小さな風なら大きく燃えあがるが,
　　烈風にあえばあえなく吹き消されてしまう.
　　私がその烈風だ,お嬢さんの炎など一吹きです.

　　　Though little fire grows great with little wind,
　　　Yet extreme gusts will blow out fire and all;
　　　So I to her, and so she yields to me.

　同場,初めて会って,「熊ん蜂らしい」と言うペトルーチオとそれに応じるカタリーナとの機知に富む対話の応酬.

　　カ: 私が熊ん蜂なら針に気をつけることね.
　　　If I be waspish, best beware my sting.
　　ペ: だいじょうぶ,針なら引っこ抜いてやる.
　　　My remedy is then, to pluck it out.
　　カ: でも針がどこにあるか,おばかさんにわかるかしら.
　　　Ay, if the fool could find it where it lies.

〖余談〗　ブロードウェイ・ミュージカル『キス・ミー・ケイト』の原作はこの芝居で,題名は2幕1場と5幕1場でペトルーチオがカタリーナに言う「キスしてくれ,ケイト」(Kiss me, Kate.) から.(143頁参照)

〖映画〗　1967年,フランコ・ゼッフィレッリ監督,リチャード・バートン,エリザベス・テイラー主演.

# ヴェローナの二紳士
## (The Two Gentlemen of Verona)

松岡和子訳・蜷川幸雄演出（2015年, 彩の国さいたま芸術劇場：大ホール）ちらし

【舞台】 初演は1971（昭和46）年, 加藤恭平訳・荒井良雄演出, 近代座による砂防会館ホール.

1980（昭和55）年には, 小田島雄志訳・出口典雄演出でシェイクスピア・シアターがジャン・ジャンで上演した.〔ジャン・ジャンは出口典雄が6年間で全37戯曲を上演した渋谷にあった小劇場〕

1975（昭和50）年の浅利慶太演出による劇団四季の『ヴェローナの恋人たち』（日生劇場）は「ビートをきかせたロック・バラード, さらにラテンと, 音楽も多様性」（加）に富んだブロードウェイ・ミュージカル（初演は1972年）の日本版であった.

2015（平成27）年, 彩の国シェイクスピア・シリーズ第31弾として上演された舞台は主演者全員が男性. 男優が演じるジュリアは男装するが, 所々でつい女性言葉が出るところは笑いを誘う. ラーンスにじゃれつく愛らしい犬も「好演」であった.

〖**主な登場人物**〗

**ミラノ大公**　シルヴィアの父．娘とシューリオを結婚させようとしている．娘が駆け落ちするとの密告を聞いて，ヴァレンタインを追放する．[200行]

**ヴァレンタイン**　紳士．シルヴィアに恋をするが，追放されて森の中で山賊に遭う．その後シルヴィアに会ったのは驚くべき状況下であった．[383行]

**プローテュース**　紳士．恋人ジュリアと別れミラノに行き，シルヴィアに一目惚れし，友人の駆け落ちを密告する．[442行]

**シルヴィア**　大公の娘．追放されたヴァレンタインを追って行く．[155行]

**ジュリア**　恋人のプローテュースを追ってミラノへ行き，男装してセバスチャンと名のり，彼に仕える．[322行]

**ルーセッタ**　ジュリアの侍女．

**エグラモー**　ヴァレンタインの後を追うシルヴィアの伴をする．

**アントーニオ**　プローテュースの父．息子を修行のためにミラノへやる．

**ラーンス**　プローテュースの召使い．いつも愛犬クラブを連れて，面白いやりとりを見せる．[203行]

**スピード**　ヴァレンタインの小姓．主人より頭の回転が早い愉快な男．[194行]

**シューリオ**　大公の許しを得て，シルヴィアに求婚するが相手にされない．

**宿屋の亭主**　ジュリアをプローテュースのところへ案内する．

**楽師たち**　「シルヴィアに寄せて」を演奏する．

**山賊たち**　身分のある家の出身で，些細（ささい）な過ちで追放され山賊になった．

〖**場面**〗　イタリア（ヴェローナ，ミラノおよびミラノ近くの森）

【あらすじ】

「おれを説得しようとするのはよしてくれ，プローテュース」とヴァレンタインは，友人と別れを告げ，ミラノの大公の宮廷へ向かう．ジュリアはプローテュースからの手紙を，興味がない素振りをして破ってしまうが，侍女ルーセッタは見通している．プローテュースは父に突然ミラノへ修行に行くように命じられる．（第1幕）

ヴァレンタインはシルヴィアに代筆を頼まれた手紙を渡すが，その手紙は実はシルヴィアが恋する当人宛てに書かせたものだった．指輪を交換してジュリアと別れてきたプローテュースが宮殿に到着する．ヴァレンタインは，大公はシューリオに嫁がせると言っているので，シルヴィアと駆け落ちをするつもりだと打ち明ける．（第2幕）

するとプローテュースは駆け落ちのことを大公に密告する．大公はヴァレンタインを追放し，プローテュースにシルヴィアの気持ちがシューリオに向かうように説得を依頼する．だがプローテュースはシルヴィアに一目惚れしていた．（第3幕）

スピードを連れたヴァレンタインは山賊に出会い，見込まれて頭(かしら)になる．ミラノではシルヴィアがバルコニーで小夜曲を聞いている．曲が終わると，プローテュースが言い寄るがはねつけられる．それを彼に会うためにやって来た男装のジュリアも聞いている．ジュリアはセバスチャンと名乗りプローテュースに仕え，プローテュースはジュリアと交わした指輪をシルヴィアに届けさせるが，受け取ってもらえない．（第4幕）

シルヴィアがヴァレンタインの後を追ったと知って，プローテュース，ジュリア，そしてシューリオも追う．シルヴィアに出会ったプローテュースは「暴力をもって」思いを遂げようとすると，ヴァレンタインが現れて救う．ジュリアは本人であることを明かし，プローテュースは目が覚める．

2組が結ばれ，ヴァレンタインが「祝宴もいっしょ，家もいっしょ，夫婦の幸福もいっしょだ」と言って幕となる．（第5幕）

〖名場面・名台詞〗
 1 幕3場,アントーニオは息子をミラノへやる理由を話す.
  伜が世のなかに出て,苦労したり教えられたりしなければ,
  いたずらに時を浪費するのみであり,将来りっぱな一人ま
  えの大人にはなれまい,と考えていたのだ.
　　I have consider'd well his loss of time,
　　And how he cannot be a perfect man,
　　Not being tried and tutor'd in the world.
 2 幕4場,ヴァレンタインは美しいシルヴィアをこう喩える.
  あのような宝石をわがものとしているということは,
  大海を二十所有するにも劣らぬ財産だ,たとえ
  その海の砂が真珠,水が蜜,岩が純金であるとしてもな.
　　And I as rich in having such a jewel
　　As twenty seas, if all their sand were pearl,
　　The water nectar and the rocks pure gold.
 4 幕2場,シルヴィアの窓辺で歌われる最も有名な曲の一つ.
  シルヴィア姫はどんな人?
  若者たちがあこがれる　美と貞淑をかねた人.
  賛美の的となるように　天の恵みを受けた人.
　　Who is Silvia? what is she,
　　That all our swains commend her?
　　Holy, fair, and wise is she;
　　The heaven such grace did lend her,
　　That she might admired be.

〖余談〗　劇中で歌われる唯一の曲「シルヴィアに寄せて」はシューベルトも作曲して,多くの歌手に歌われている.

〖映画〗　『恋におちたシェイクスピア』(1998年,ジョン・マッデン監督)の中に,ラーンスと犬との滑稽な一場面が挿入されている.なお,この作品は第71回アカデミー賞を,作品・脚本・主演女優・助演女優賞など7部門で受賞した.

# 恋の骨折り損
(Love's Labor's Lost)

イアン・ジャッジ演出（1995年，銀座セゾン劇場）ちらし

【舞台】　初演は1978（昭和53）年，小田島雄志訳・出口典雄演出，劇団シェイクスピア・シアターのジャン・ジャン．

　1995（平成7）年，来日公演イアン・ジャッジ演出の「舞台の特色は，原作のナヴァール王国を，1914年のイギリスの大学町に設定し直していることである．（中略）男たちの牧歌的な恋が成就しないとわかった時，黄昏の空の彼方に火柱が立つ．1914年は第一次世界大戦がはじまった年で，ここでの恋のごとき「ベル・エポック」は終わる」（大笹吉雄）

　2007（平成19）年，松岡和子訳・蜷川幸雄演出（彩の国さいたま芸術劇場）では，エリザベス朝時代がそうであったように，出演者全員が男優であった．舞台の奥に風にそよぐ柳の巨木を配した演出で「巨木が葉むらを薄銀色から，春を思わせるみずみずしい緑に変化させる場面は，息をのむほど美しい．時の統べる生命樹だ．冬を凝視する老練の目であらわれた青春だから輝く」（山本健一）

【主な登場人物】

**ファーディナンド**　ナヴァール王．三人の廷臣と共に三年間快楽を絶ち，学問に邁進することにする．[314 行]

〈王に従う三人の貴族〉

**ビローン**　「あのようにおもしろい人と 1 時間話をしたことはありません」と言うロザラインへの恋文を，コスタードに託したことで恋が暴露される．[613 行]

**ロンガヴィル**　マライアに恋して誓いを破る．

**デュメイン**　最も若く，キャサリンに恋する．

**フランス王女**　聡明な美女，父の名代としてナヴァールを訪れる．王たちが変装してやって来るのを知って一計を案じる．[285 行]

**ボイエット**　王女に仕える貴族．[232 行]

〈王女に仕える三人の貴夫人〉

**ロザライン**　ビローンに愛される．[177 行]

**マライア**　ロンガヴィルに愛される．

**キャサリン**　デュメインに愛される．

　　　　　　＊　　　　＊　　　　＊

**ドン・エイドリアーノ・デ・アーマードー**　宮中に滞在している風変りなスペイン人で，「大ぼら吹き」「妄想豊か」と評される．ジャケネッタを愛し，余興でヘクターに扮する．[263 行]

**モス**　アーマードーの小姓．ヘラクレスに扮する．[144 行]

**ナサニエル**　村の神父．アレクサンダー大王に扮する．

**ホロファニーズ**　言葉をよく間違える学校教師．ユダに扮する．[174 行]

**ダル**　名前（'dull'「鈍い」）の通りの警吏．

**コスタード**　村の若者．アーマードーとビローンから恋文を頼まれるが，渡す相手を間違える．[189 行]

**ジャケネッタ**　村の娘．アーマードーの子を宿す．

【場面】　ナヴァール（現在のフランスとスペインの間の王国）

## 【あらすじ】

「生きているあいだにだれもが求めるものは名声だ」と言う王ファーディナンドは三年間女人禁制,「プラトンのアカデミーにならって」学問に励むこととし,三人の貴族も誓約する.そこへダルが,禁欲のお触れを破ってジャケネッタと「夜のデートをしてた」コスタードを捕まえて連行して来る.アーマードーが身柄を預かることになるが,彼はジャケネッタに恋心を抱く.(第1幕)

フランス王女が三人の貴婦人を伴って父の名代としてやって来る.貴婦人たちは会ったことのある貴族の噂をし,貴族たちもまた貴婦人の噂をする.(第2幕)

アーマードーは「幽閉,禁固,拘束,束縛」から解放することを条件に,コスタードにジャケネッタへの恋文を届けさせる.ビローンもたまたま出会ったコスタードに,恋文をロザラインに届けるように依頼する.(第3幕)

ところがコスタードはアーマードーの恋文を王女に渡してしまう.一方手紙を受け取ったジャケネッタは字が読めず,神父に読んでもらうと,ロザライン宛であった.

宮廷では王は王女に,ロンガヴィルはマライアに,デュメインはキャサリンに恋して,ソネットや詩をしたため胸の内を吐露する.これを聞いていたビローンは三人を咎めるが,ジャケネッタが持ってきたビローンの恋文で,自らの恋も暴露されてしまう.誓約を破ったが,「われらの恋は正当」であると,四人は女ごころを射止めるべく準備に取りかかる.(第4幕)

王たちはロシア人の服装で仮面をつけて現れ,意中の相手と思って言い寄るが,事前に知った王女たちは仮面をつけて混乱させる.

余興で芝居を楽しんでいるとフランス王崩御の報せが届き,王女一行は急きょ帰国することになる.王女は王に,一年間快楽から離れた寂しい庵で過ごして「咲き誇る恋の花」が枯れていないのなら,私はあなた様のものと言い,貴婦人たちも同様の誓いをする.「春」と「冬」の歌で幕となる.(第5幕)

〖名場面・名台詞〗
 1幕1場,名声を求める王は三人の貴族に向かって言う.
　「時」というものがたとえ鵜のように貪欲であろうと,
　われわれがこの世にあるあいだに努力を積みかさねれば,
　すべてを刈りつくす「時」の鎌の刃を鈍らせ,われわれの
　名を永久に遺(のこ)す栄誉をかち得ることができよう.
　　　When, spite of cormorant devouring Time,
　　　Th'endeavor of this present breath may buy
　　　That honour which shall bate his scythe's keen edge,
　　　And make us heirs of all eternity.
 1幕2場,アーマードーはジャケネッタに恋して独白する.
　恋は魔物だ,恋は悪魔だ,恋のほか人間にとりつく悪霊は
　存在せぬ.
　　　Love is a familiar; Love is a devil; there is no evil angel
　　　but Love.
 4幕3場,ビローンは隠れて王たちが誓約を破ったのを知る.
　みごと,心臓を射抜かれたな! いいぞ,かわいいキューピッ
　ド! 恋の矢を王の左乳首の下に的中させてくれたらしい.
　　　Shot, by heaven! Proceed, sweet Cupid, thou hast
　　　thump'd him with thy bird-bolt under the left pap.
　　　In faith, secrets!
 そして,王が胸のうちを吐露するのを聞く.
　ああ,女王のなかの女王,あなたにまさるものがあろうか,
　その美しさを思いつく頭も伝えうる舌もこの世にあろうか.
　　　O queen of queens, how far dost thou excel
　　　No thought can think, nor tongue of mortal tell.

〖余談〗　木下順二は翻訳した時,原題は頭韻を踏んでいるので,「愛」を考えたがうまく出てこず,Kで「せめて頭韻を踏んで『恋の苦労のからまわり』としてみた」と書いている.
〖映画〗　1999年,ケネス・ブラナー主演.(143頁参照)

# 夏の夜の夢
## (A Midsummer Night's Dream)

小田島雄志訳, ジョン・デビット演出 (1975年, 帝国劇場)
プログラム (部分)

【**舞台**】　初演は1928 (昭和3) 年, 坪内逍遙訳 (『眞夏の夜の夢』), 小山内薫・青山杉作・土方与志演出の帝国劇場. 1933 (昭和8) 年にはレヴュー化されて歌舞伎座・松竹座でも上演された.

　1946 (昭和21) 年, 戦後初のシェイクスピア劇は, 帝国劇場の舞台にかかったこの芝居であった.

　1963 (昭和38) 年に福田恆存訳 (劇団雲・砂防会館ホール) で, 1972 (昭和47) 年には, 三神勲訳 (日経ホール) でも上演されたが, 小田島雄志訳による初演は1975 (昭和50) 年, ジョン・デビット演出による帝国劇場. メンデルスゾーンの名曲が使われ, バレリーナが扮した妖精たちが踊るスペクタクルで観客を楽しませた.

　2012 (平成24) 年4月, シェイクスピア祭 (聖心女子大学・宮代ホール) では, 前年『十二夜』に続き, 河合祥一郎訳・演出で朗読劇として上演されたが, これも楽しい舞台であった.

## 〚主な登場人物〛

**シーシュース**　アテネの公爵. [233行 / ヒポリタは34行]
**ヒポリタ**　アマゾンの女王. シーシュースの婚約者.
**フィロストレイト**　シーシュースの饗宴係.
**イージーアス**　ハーミアの父. 娘を公爵に訴える.
**ライサンダー**　相思相愛のハーミアと駆け落ちするが, パックがまぶたにたらした花の汁のせいで, ヘレナに恋してしまう. [178行 / ディミートリアスは134行]
**ディミートリアス**　ハーミアに恋する若者. 駆け落ちを聞いて追うが, 同じくパックのせいでヘレナに言い寄る.
**ハーミア**　イージーアスの娘. ライサンダーと駆け落ちする. 目を覚すとライサンダーに冷たくされ, 訳が分からない.
**ヘレナ**　ディミートリアスに片思いをしていて, 突然二人の男に愛していると言われ, からかわれているとしか思えない. ハーミアより長身. [229行 / ハーミアは166行]
**クインス**　大工, 余興のまとめ役.
**スナッグ**　指物師, ライオン役.
**ボトム**　機屋. どの役もやりたがるが, ピラマス役を与えられる. パックにロバの頭をかぶされ, 妖精の女王に愛される. [最多の261行]
**フルート**　ふいごなおし, シスビー役.
**スナウト**　鋳掛け屋, 塀になる.
**スターヴリング**　仕立屋, 月などの役.
**オーベロン**　妖精の王. 女王と争い, パックに目が覚めた時に見た者を愛する薬を女王の目に注がせる. [226行]
**タイテーニア**　妖精の女王. 薬のせいでボトムを愛してしまう. **豆の花, 蜘蛛, 蛾の羽根**, ほかの妖精を従える. [158行]
**パック（ロビン・グッドフェロー）**　オーベロンに仕え, 恋の花の汁をたらす相手を誤って混乱をひきおこす. [209行]

〚場面〛　ギリシア（アテネ, およびその近郊の森）

【あらすじ】

「ところで，美しいヒポリタ，われわれの婚礼の時も間近に迫った」と言うシーシュースは式を心待ちにしている．そこへやって来たイージーアスは娘ハーミアを告訴する．彼が許したディミートリアスではなく，ライサンダーと一緒になりたいというのだ．親に逆らっての結婚は許されず，そむけば死刑か修道院で独身生活を送るかのどちらかだ，とシーシュースに言われたハーミアはライサンダーと駆け落ちすることにする．

クインスの家では公爵の婚礼の余興の出し物について話し合っている．(第1幕)

オーベロンとタイテーニアはインドの少年を巡って仲違いをしている．オーベロンはパックに「目が覚めて最初に見たものを夢中に恋してしまう」恋の三色スミレを取ってきて，その汁をタイテーニアのまぶたにたらすよう命じる．ハーミアを追って森へ来たディミートリアスは，彼に思いを寄せるヘレナを邪険に扱う．これを見たオーベロンはディミートリアスの目にもたらすように命じるが，パックは，間違ってライサンダーのまぶたにたらしてしまい，混乱となる．(第2幕)

パックは森で芝居の稽古をしているボトムの頭にロバの頭をかぶせる．目を覚したタイテーニアはボトムに夢中になる．一方二人の若者は目を覚すと，ヘレナの取り合いをする．パックが相手を間違えたことに気づいたオーベロンは，ディミートリアスのまぶたにたらすよう命じる．(第3幕)

インドの少年を自分のものにしたオーベロンは，タイテーニアの魔法を解き，よりを戻す．パックに眠らされていた四人も目を覚し，ハーミアはライサンダーと，ヘレナはディミートリアスと結ばれることになり，3組の披露の宴がはられる．行方不明だったボトムも職人らの前に姿を現す．(第4幕)

宮殿では，婚礼の余興にボトムらによるピラマスとシスビーの「悲劇的滑稽劇」が選ばれ，珍妙に演じられる．最後にパックが口上を述べて幕となる．(第5幕)

〖名場面・名台詞〗
 1幕1場,ライサンダーは恋人の父に認めてもらえない.
　　まことの恋が平穏無事に進んだためしはない,
　　必ず障害がある,たとえば身分がちがうとか──
　　　　The course of true love never did run smooth;
　　　　But either it was different in blood──
　同場,ヘレナは恋についてこう言う.
　　卑しい醜い釣り合いのとれていないものを
　　恋はりっぱな美しい品のあるものに変えるもの.
　　恋は目でものを見るのではない,心で見る.
　　　　Things base and vile, folding no quantity,
　　　　Love can transpose to form and dignity.
　　　　Love looks not with the eyes but with the mind.
 2幕1場,妖精は自由自在に飛び回る.
　　山々を越え,谷を越え,茨をくぐり,森くぐり,
　　荘園を越え,垣を越え,流れをくぐり,火をくぐり,
　　私は行きます,月よりも　早い翼でどこまでも.
　　　　Over hill, over dale, / Thorough bush, thorough brier, /
　　　　Over park, over pale, / Thorough flood, thorough fire. /
　　　　I do wander every where, / Swifter than the moon's
　　　　sphere.
 5幕1場,シーシュースの想像力についての台詞もまた有名.
　　狂人,恋人,それに詩人といった連中は,
　　すべてこれ想像力のかたまりと言っていい.
　　　　The lunatic, the lover, and the poet
　　　　Are of imagination all compact.

〖余談〗　メンデルスゾーンの曲はあまりにも有名だが,序曲を作曲したのは17歳,残りの劇付随音楽12曲(「結婚行進曲」を含む)は17年後に作曲された.
〖映画〗　1996年,エイドリアン・ノーブル監督.

# ヴェニスの商人
## (The Merchant of Venice)

福田恆存訳・浅利慶太演出, 劇団民芸 (1968年, 日生劇場) ちらし

【舞台】 初演は 1885 (明治 18) 年, 翻案『何桜彼桜銭世中』(さくらどきぜにのよのなか) で大阪・戎座. 日本人による初のシェイクスピア劇とされる.

1926 (大正 15) 年, アントーニオを演じた千田是也は「シャイロックが, 刀をかざして向かって来ると,「さあ, どうか切っておくれ」といって胸をはだける. すると, あらわになった胸の肋骨が数えられるほどはっきりと, 青インクでまざまざと型どってあった」(福原麟太郎)

「法廷の場」は最大の見せ場であるが,「シャイロックを単純な悪役として喜劇的人物にするか, ユダヤ人の運命を象徴する悲劇の主人公としてえがくかで, この劇は大きく変わってしまう」(森秀男) のである. 1968 (昭和 43) 年,「つまりこれまでのような悪の標本ではないシャイロックですな」と, 滝沢修は悲劇に焦点を当てて演じ, 好評であった. (ポーシャは樫山文枝)

〖主な登場人物〗

**ヴェニスの公爵**　シャイロックの裁きをポーシャに委ねる．

**アントーニオ**　ヴェニスの商人．バッサーニオのためにシャイロックから 3,000 ダカットを借金する．[188 行]

**バッサーニオ**　アントーニオが借りてくれたお金で，ポーシャに求婚するためにベルモントへ赴く．[336 行]

**グラシアーノ**　「おれは道化役といこう」と言い，しゃべるのは「無意味なことばの連続さ」と言う友人のバッサーニオに同行して，ネリッサと結婚する．[175 行]

**サリーリオ**　アントーニオの船が難破したと知らせる．[124 行]

**シャイロック**　ユダヤ人の金貸し．アントーニオの体の肉 1 ポンドを抵当に金を貸す．娘に逃げられ，憤怒やるかたない．[355 行]

**ジェシカ**　シャイロックの娘．駆け落ちする時，しっかりと父の金と宝石を持って行くのを忘れない．

**ロレンゾー**　ジェシカの恋人．終幕，二人で「夜づくし」の美しい台詞で愛を語る．[179 行]

**ラーンスロット・ゴボー**　目のよく見えない父親をからかう「陽気な悪魔」で道化役．[168 行]

**老ゴボー**　ラーンスロットの父．田舎から息子に会いにくる．

**ポーシャ**　ベルモントの「大きな遺産をもつ」美しい女性で，「美しい美徳」も兼ね備えている．男装して裁判官としてシャイロックを裁く．[588 行]

**ネリッサ**　ポーシャの侍女．グラシアーノと結ばれる．男装してベラーリオの書記として法廷に現れる．

〈ポーシャの求婚者たち〉

**モロッコの大公**[103 行]，**アラゴンの大公**　それぞれ金・銀の誤った箱を選び，傷心のまま帰国する．


〖場面〗　イタリア（ヴェニス，ポーシャ邸のあるベルモント）

## 〖あらすじ〗

　「まったく，どういうわけだか，おれは憂鬱なんだ」というアントーニオの友人バッサーニオはポーシャへの求婚の資金がなく困っている．アントーニオは借金して用立てすることを約束する．ベルモントではポーシャが父の遺言で，金・銀・銅の箱の中から自分の絵を言い当てた者を夫にすることになっている．シャイロックはアントーニオに，期日までに返却不可能な場合は体の肉1ポンドを貰うのを条件に金を貸す．(第1幕)

　ヴェニスでは，シャイロックの召使いラーンスロットが訪ねてきた父親をからかう．シャイロックの娘のジェシカはロレンゾーと駆け落ちする．娘が金と宝石を持って駆け落ちしたことを知って，シャイロックは激怒する．(第2幕)

　シャイロックはアントーニオの船があちこちで難破したらしいと聞き狂喜する．ベルモントへやって来たバッサーニオは正しい箱を選び，ポーシャは指輪を贈る．そこへアントーニオの使いがやって来て，シャイロックへの借金返済ができず，約束通りに肉1ポンドを取られる前に，一目会いたいとの知らせを伝える．事情を聞いたポーシャは一計を案じる．(第3幕)

　法廷では，あくまで肉1ポンドを要求するシャイロックに，ベラーリオ博士の代理として入廷したポーシャが慈悲心を持って，賠償金で解決するように勧める．それを拒み，あくまで厳格に法にそった判決を望むシャイロック．それでは，とポーシャは言い分を認める．しかしシャイロックがナイフを突きつけようとすると，契約書にはない「血を流してはならんぞ．また，切りとる肉は正確に一ポンド」と言う．驚くシャイロック．だが，そんなことは不可能で諦めざるを得ない．(第4幕)

　ポーシャ邸ではロレンゾーとジェシカが，「月が美しく輝いている．きっとこんな夜だった」と恋を語る．(「夜づくし」の名場面) ポーシャとジェシカが戻り，アントーニオを救ったお礼として巻き上げた指輪のことで，バッサーニオとグラシアーノをからかうが，総てを明らかにされて幕となる．(第5幕)

〖名場面・名台詞〗
　1幕3場，シャイロックは金を貸す条件を出す．
　　証文に記されたとおりのこれこれの日にこれこれの場所で
　　これこれの金額をお返し願えない場合は，その違約金がわ
　　りに，あんたのからだの肉をきっかり一ポンドいただく，っ
　　てのはどうだろう，それも，おれの好きな場所から切りとっ
　　ていい，ってことにしていただきたいんだが．
　　　If you repay me not on such a day, / In such a place,
　　　such sum or sums as are / Express'd in the condition,
　　　let the forfeit / Be nominated for an equal pound / Of
　　　your fair flesh, to be cut off and taken / In what part of
　　　your body pleaseth me.
　4幕1場は「法廷の場」一幕として何度も上演された．'Mercy speech' と呼ばれるポーシャの台詞はあまりにも有名．
　　慈悲は義務によって強制されるものではない．
　　天より降りきたっておのずから大地をうるおす
　　恵みの雨のようなものなのだ．祝福は二重にある，
　　慈悲は与えるものと受けるものとをともに祝福する．
　　　The quality of mercy is not strain'd,
　　　It droppeth as the gentle rain from heaven
　　　Upon the place beneath. It is twice blest:
　　　It blesseth him that gives and him that takes.

〖余談〗　「幕切れに，おろした幕の前をうちひしがれたShylock が孤影悄然と下手へ入つたのも，普通とは變つた exit だときいたが，花道を使つたら更に効果的だつたかも知れないと日本人らしい感想をいだいた」と，岩崎民平は帝国劇場で観た舞台について書いている．確かに花道を使った引っ込みは『仮名手本忠臣蔵』四段目の大星由良之助，『伽羅先代萩』の正岡の引っ込みなどに匹敵する見せ場になるに違いない．
〖映画〗　2005年，マイケル・ラドフォード監督．

# ウィンザーの陽気な女房たち
## (The Merry Wives of Windsor)

小田島雄志訳・林清人演出,無名塾(2002年,サンシャイン劇場)ちらし

【**舞台**】　初演は翻案『陽気な女房』で1912(明治45)年の帝国劇場.七代目松本幸四郎がフォールスタッフを演じた.

　1937(昭和12)年には三神勲・西川正身訳(『ウィンゾアの陽気な女房たち』)で築地小劇場の舞台にかかった.この年に演出した千田是也は1952(昭和27)年に,フォールスタッフ役で主演した.この舞台を観た仲代達矢は千田に勧められたが「あんなデブの役,嫌だな～(笑)」「当時は肌が弱くて,あれだけの肉襦袢(ニク)を着て汗をかくと,もういけない,とてもできないと,逃げまわっていたものです」と言うが,2001(平成13)年に初演し,翌年サンシャイン劇場他で再演した.

　当時日本シェイクスピア協会会長であった高橋康也によって狂言に翻案された『法螺侍』(初演は1991年,グローブ座)は,野村万作主演・演出で海外でも上演され,好評を博した.

〖**主な登場人物**〗

**サー・ジョン・フォールスタッフ**　騎士．借金返済のために，裕福夫人を誘惑して金を巻き上げようとする．[433行]

〈その仲間たちと小姓〉
　**バードルフ，ピストル，ニム，ロビン**

**ロバート・シャロー**　地方の治安判事．[114行]

**エイブラハム・スレンダー**　シャローの従弟．アンに求婚する．[141行]

**ピーター・シンプル**　スレンダーの「単純な」召使い．

**フランク・フォード**　ウィンザーの市民．嫉妬深く，フォールスタッフの逢引をピストルから聞いて，探ろうとしてブルックと名のり，彼に近づく．[305行]

**フォード夫人（アリス）**　フランクの妻．フォールスタッフを夫から二度逃がすが，後で懲らしめる．[167行]

**ジョージ・ペイジ**　娘をスレンダーに嫁がせる気でいる．[144行]

**ペイジ夫人（マーガレット）**　ハーンの伝説を利用して，森でフォールスタッフを懲らしめることを思いつく．[306行]

**アン・ペイジ**　ペイジ夫妻の可愛らしい娘．三人に求婚されるが，意中のフェントンと駆け落ちする．

**フェントン**　アンと相思相愛の若い紳士．

**ヒュー・エヴァンズ**　ウェールズ生まれの神父．スレンダーの求婚に手を貸そうとしてキーズに決闘を申し込まれる．[222行]

**キーズ**　フランス人の医師．アンとの結婚を望み，邪魔をするエヴァンズに決闘を挑む．

**クイックリー夫人**　キーズの召使い．終幕で妖精の女王に扮する．[261行]

**ガーター館の亭主**　アンを巡って決闘しようとするエヴァンズとキーズに別々の場所を教え，アンとフェントンの駆け落ちに一役買う．[107行]

〖**場面**〗　イングランド（ウィンザー，およびその近く）

〘あらすじ〙

「止めてくださるな、ヒュー神父」とシャローが「私の鹿を殺し、私の番小屋をこわした」フォールスタッフを訴える、と息巻いている。フォールスタッフは裕福な二人の夫人に目をつけ、色仕掛けで金を巻き上げようと、ラブ・レターを届けさせる。しかし頼まれたニムはフォードに、ピストルはペイジにこのことをばらすことにする。（第1幕）

ペイジ夫人はフォールスタッフからの手紙を読んで、「まあ、厚かましい」とあきれていると、そこへフォード夫人がやって来て、同じ文面の手紙を受け取ったことを話す。二人は言いなりになりそうな素振りをして、懲らしめることにする。フォードは変装してブルックと名乗り、フォールスタッフにフォード夫人をものにして欲しいと依頼し、妻との逢引の日を聞き出して現場を捕まえようとする。（第2幕）

フォールスタッフは首尾よくフォード夫人と逢引をしていると、フォードが現場をつかまえようと帰ってくる。フォールスタッフは洗濯籠に入れられて逃れるが、テムズ河に投げ込まれる。フォールスタッフはブルック、つまりフォードにそのことを話してしまうと、フォードは、次は必ず捕まえてやる、と息巻く。（第3幕）

フォールスタッフが再びフォード夫人と会う。今度こそはと戻ったフォードであったが、叔母に変装させられたフォールスタッフに気づかず、再び逃がしてしまう。（第4幕）

夜、夫人たちはフォールスタッフをウィンザーの森に呼び出し、伝説の猟師ハーンに変装させ、妖精に扮した子供たちに懲らしめさせる。この混乱中にペイジ夫妻は娘を各々が意中の男と一緒にさせようとするが、アンはフェントンと隣のイートンで婚礼の式を挙げてしまう。ペイジ夫妻は諦めて二人を祝福する。散々な目にあったフォールスタッフは事の次第を聞かされる。ペイジ夫人は、今夜のことを一緒に「炉ばたで笑い合うことにしましょう」と言って、皆を家に誘う。（第5幕）

〖名場面・名台詞〗
 2幕1場，フォールスタッフが二人の夫人に宛てて書いた同一の恋文には，

> あなたはもう若いとは言えない，私も同じくだ，とすれば，それ，そこに相通ずるものがある．あなたは陽気な性質（たち）だ，私も同じくだ，とすれば，ハッ，ハッ，そこにさらに相通ずるものがある．あなたは葡萄酒を好む，私も同じくだ，これ以上相通ずる相手は望むべくもあるまい？
>
> > You are not young, no more am I; go to then, there's sympathy. You are merry, so am I; ha, ha! then there's more sympathy. You love sack, and so do I; would you desire better sympathy?

などとあった．フォード夫人は，呆れて巨漢のフォールスタッフを鯨に喩える．

> いったいどんな嵐が，おなかに何十トンもの油を詰めこんでいるあの大鯨を，このウィンザーの浜辺にうちあげたんでしょう？
>
> > What tempest, I trow, threw this whale, with so many tuns of oil in his belly, ashore at Windsor?

 3幕5場，フォールスタッフは，逢引中に戻ってきたフォードから逃れるため，洗濯籠に入れられてテムズ河に投げ込まれて愚痴る．

> 今日までおれが生きてきたのは，屑肉のように籠に詰めこまれ，テムズ河にほうりこまれるためだったのか？
>
> > Have I liv'd to be carried in a basket like a barrow of butcher's offal? and to be thrown in the Thames?

〖余談〗　この芝居は『ヘンリー四世』のフォールスタッフが気に入ったエリザベス女王が，恋するフォールスタッフを見たい，と言ったので書かれた，という言い伝えがある．
　ヴェルディのオペラ『ファルスタッフ』の原作である．

# から騒ぎ
## (Much Ado About Nothing)

安西徹雄翻案, テレンス・ナップ演出 (1979年, 紀伊國屋ホール) ちらし (提供＝演劇集団円)

〖**舞台**〗　初演は1910 (明治43) 年, 翻案『御安堵』で本郷座. 坪内逍遙訳による初演 (加藤長治演出) は, 1929 (昭和4) 年, 帝国ホテル演芸場.

　1979 (昭和54) 年に演劇集団円が紀伊國屋ホールの舞台にかけた『から騒ぎ』は英文学者安西徹雄による翻案であった.「テレンス・ナップ演出は明治中期・横浜の豪商邸でのラブ・ストーリーに置き換えた. いくら西洋への窓口・横浜港でも, これほど機知に富んだ男女関係や, かろやかな会話はなかったと思うが, この芝居の魅力は綿密な時代考証ではない. わなとたくらみの応酬のなかで, 恋に悩む若者たちの, はじけるような生命への賛歌が舞台から伝われば, それはそれで観客は楽しめるものだ」(健)

〘主な登場人物〙

ドン・ペドロ　アラゴンの領主．クローディオとヒーローとの，そして「ヘラクレスに劣らぬ難事業」ベネディックとベアトリスとの2組の縁結びの役を買って出る．［313行］

ドン・ジョン　ドン・ペドロの腹違いの弟．「おれを追い落とすことによって栄誉を手に入れた」奴，とクローディオを恨み，陥れようと企む．［107行］

ボラチオ　ドン・ジョンの従者．マーガレットをヒーローと思わせ睦言を交わすところを，クローディオに目撃させる．［123行］

コンラッド　ドン・ジョンの従者．「土星のもとに生まれた陰気な男」

クローディオ　フローレンスの若い貴族．ヒーローを見初めて求婚する．ドン・ジョンの奸計（かんけい）にかかって婚約を破棄するが…．［286行］

ベネディック　パデュアの若い貴族．ベアトリスと会えば必ず言葉による「陽気な戦争」が始まる．「恋の神に敗れることはない」などと言うが…．［432行］

ベアトリス　レオナートの姪でヒーローと一緒に暮らす．ベネディックに「わがいとしの高慢の君」と呼ばれる舌鋒の持ち主で，「絶対夫をもちません」と言うが…．［270行］

レオナート　メシーナの知事．［328行］

アントーニオ　その弟．

ヒーロー　レオナートの娘．クローディオに見初められるが，式の場であらぬ疑いから結婚を破棄され失神する．死んだことにされ，名誉を取り戻す機会を待つ．［131行］

マーガレット　ヒーローの侍女．ボラチオに利用される．

ドグベリー　言葉を誤用する愉快な巡査長，夜警に立って手柄をたてる．［175行］


〘場面〙　シシリー島のメシーナ．

【あらすじ】

　レオナートはドン・ペドロの一行が来訪するとの手紙を受け取り，さっそく歓迎の準備をする．ベネディックとベアトリスは会うとさっそく舌戦をはじめる．ドン・ペドロはヒーローを見初めたクローディオを一緒にさせようとする．それを聞いたドン・ジョンは邪魔をしようとたくらむ．(第1幕)

　仮面舞踏会で，ドン・ペドロはクローディオの名前を名のってヒーローに近づく．そして「求婚し，その心をかちえ」「父親に話もし，すでにその承諾も得た」とクローディオに話す．ドン・ペドロは，今度はベネディックとベアトリスも一緒にさせようとして，ベネディックに聞こえるように，レオナートにベアトリスは彼に夢中だと言わせる．(第2幕)

　一方ヒーローと侍女はベアトリスに聞こえるように，ベネディックは彼女に惚れていると噂する．二人はその気になる．クローディオとヒーローの婚礼の前夜，ボラチオはマーガレットと話をしているところを領主とクローディオに見せ，ヒーローと密会していると思わせる．その話をボラチオがコンラッドにしているのを聞いたドグベリーは二人を逮捕する．(第3幕)

　教会の祭壇の前で，クローディオは「腐れミカン」はお返しする，といって婚約を破棄する．身に覚えのないヒーローは気を失う．すると修道士は一計を案じ，死んだことにして葬儀を行うことにする．従妹を愛するベアトリスはベネディックに「クローディオを殺して」と頼む．牢内では，ボラチオがすべて白状し，レオナート邸へ連行される．(第4幕)

　ヒーローは無実で死んだと聞かされ，悲しみに暮れるクローディオは，アントーニオの娘との結婚を勧められて承知する．婚礼で娘が仮面をとると，ヒーローであった！驚き喜ぶクローディオ．ベネディックとベアトリスは，お互いが相手に書いた愛のソネットをつきつけられて，気持ちを確かめ結婚する．そこへ姿をくらませていたドン・ジョンが捕えられたとの報告が入る．2組が結ばれ，めでたく音楽と踊りが始まる．(第5幕)

〖名場面・名台詞〗
　２幕３場，結婚などしないと言っていたベネディックは，おれが死ぬまで独身でいると言ったのは，結婚するまで長生きするとは思わなかったからだ．

　　　When I said I would die a bachelor, I did not think
　　　I should live till I were married.

　３幕１場，ベアトリスも，ベネディックが自分に恋していると立ち聞きして，心が変わる．

　　　ベネディック，愛してください，私も愛します，
　　　この野性の心をやさしい手で飼い慣らしてください．

　　　And, Benedick, love on, I will requite thee,
　　　Taming my wild heart to thy loving hand.

　３幕３場，ドグベリーは夜番に訓示する．泥棒は「職業柄とりおさえてもよい」

　　　しかしだ，泥にさわれば手が汚れる．そこでもっとも平和的な解決法は，万一泥棒をつかまえてしまったら，そいつの本領を発揮させ，抜き足差し足で逃がしてやることだ．

　　　But I think they that touch pitch will be defil'd.
　　　The most peaceable way for you, if you do take a
　　　thief, is to let him show himself what he is, and
　　　steal out of your company.

　５幕４場，無実が証明されてクローディオの前に現れたヒーローは，変わらぬ愛を伝える．

　　　一人のヒーローは汚されて死にました，私は生きています，
　　　それもたしかに貞潔な娘のままで生きています．

　　　One Hero died defil'd, but I do live,
　　　And surely as I live, I am a maid.

〖余談〗　ベルリオーズはオペラ化し（題は『ベアトリスとベネディック』）1862 年，作曲者自身の指揮で初演をむかえた．
〖映画〗　1993 年，ケネス・ブラナー監督・主演．

# お気に召すまま
## (As You Like It)

小田島雄志訳・増見利清演出, 俳優座 (1979年, サンシャイン劇場)
プログラム

【舞台】 初演は1971 (昭和46) 年, 福田恆存訳・大橋也寸演出による日経ホール.

　1979 (昭和54) 年の俳優座の公演では, 女性のロザリンドとシーリアは男性俳優が演じ, 男装した. シルヴィアスたち女性も全員男優が演じたが, シェイクスピア時代には, 女性は声変わり前の少年が演じた.

　1998 (平成10) 年, ロンドンのシェイクスピア・グローブ座一座による東京グローブ座公演は, 1階は客席のない平土間の立見席で, 出演者たちは時に舞台から降りて観客の中で演技した. オーランドーとチャールズの格闘シーンなどは, 観客は二人の動きに合わせて右へ左へぶつからないように動くなど, 舞台と観客の一体化が強まった「開放的で祝祭的な雰囲気が漂う」(扇田明彦) 舞台であった.

【主な登場人物】

**公爵**　追放されて，貴族らとアーデンの森に住む．［109行］
**アミアンズ**　公爵に仕える貴族，歌が上手い．
**ジェイクイズ**　「鬱ぎ屋」で警句を吐く．終幕で一人祝宴に加わらずに立ち去る．［225行］
**フレデリック**　公爵の弟．公爵領の簒奪者．
**ル・ボー**　フレデリックに仕える廷臣．
**チャールズ**　フレデリックに仕えるレスラー．
**オリヴァー**　サー・ローランド・ド・ボイスの三人の息子の長兄．オーランドーを憎み，殺害しようとする．［147行］
**アダム**　オリヴァーに仕える忠僕の典型．
**オーランドー**　ボイスの三男．オリヴァーに預けられているが，まともに扱われていない．レスリングの試合でチャールズに勝ち，ロザリンドに恋する．［297行］
**ロザリンド**　追放された公爵の娘．フレデリックに追い出され，男装してギャニミードと名のり，恋するオーランドーを追う．［677行］（全劇作中，女性で最も台詞の多い役）
**シーリア**　フレデリックの娘．大の仲良しロザリンドと一緒に男装してアリーナと名のり家を出る．最後にオリヴァーと結ばれる．［276行］
**タッチストーン**　道化．ロザリンドとシーリアに従う．［275行］
**オードリー**　田舎の娘．タッチストーンに口説かれる．
**ウィリアム**　オードリーに恋する田舎の若者．
**コリン**　老いた羊飼い．
**シルヴィアス**　羊飼い．フィービーに恋する．
**フィービー**　羊飼いの娘．「ギャニミード」に恋するが…．
**サー・オリヴァー・マーテクスト**　牧師．
**ハイメン**（結婚の神）に扮する男．4組の結婚を司る．

【場面】　フランス（オリヴァー邸，フレデリック公爵の宮廷，アーデンの森）

〖あらすじ〗

　「おれははっきり覚えているがな，アダム，こういうことだ」とオーランドーは不幸な境遇を明かす．そこへ兄が来て口論となる．オーランドーはチャールズとのレスリングの試合に臨む．試合を見たロザリンドと勝ったオーランドーはお互い恋に落ちる．フレデリックは一緒にいると娘のシーリアの良さが隠れると，突然ロザリンドを追放する．二人は男装して道化を連れて，アーデンの森へ行くことにする．(第1幕)

　追放された公爵はアーデンの森で，「四季の変化を身にしみて感じ」ながら心地よく暮らしている．フレデリックは娘がいないので追手を差し向ける．アダムはオーランドーに，オリヴァーが焼き殺そうとしていると知らせ，逃げるように言う．ロザリンドたち，オーランドーもアーデンの森に着く．(第2幕)

　オーランドーはロザリンド讃歌の紙切れを樹々にかけている．ロザリンドはそれを読む．オーランドーはギャニミードを名乗るロザリンドに，彼女とは知らずに「恋の熱病」の治療法を訊ねる．ロザリンドは私をその恋人と思って毎日訪ねてくれば，癒してあげようと言う．(第3幕)

　ロザリンドは愛される喜びを感じながらオーランドーと軽妙な恋のやりとりをする．フレデリックにオーランドーの行方を探すように命じられてアーデンの森に来たオリヴァーは，ライオンに襲われそうになる．オリヴァーはロザリンドと会うと，オーランドーがライオンと戦った時についたという血染めのハンカチを見せる．驚いたロザリンドは気を失ってしまう．(第4幕)

　無事だったオーランドーは，兄がシーリアに求婚したことを聞かされる．オーランドーはロザリンドと，タッチストーンはオードリーと結ばれ，男装とは知らずにロザリンドに恋したフィービーはシルヴィアスの愛を受け入れ，4組のカップルが誕生する．ボイスの二男が現れ，フレデリックは森で隠者と会って改心し，公爵の地位を返すつもりだと話す．公爵も娘ロザリンドとの再会を喜び，婚礼の祝いとなる．(第5幕)

〘名場面・名台詞〙
　2幕5場, アミアンズは最も有名な曲の一つを歌う.
　　緑なる　森の木陰に　膝のばし　楽しい歌を　鳥の
　　音（ね）に　合わせて歌う　その日々を　愛するものは
　　くるがいい　くるがいい　ここに.

　　　Under the greenwood tree
　　　Who loves to lie with me,
　　　And turn his merry note
　　　Unto the sweet bird's throat,
　　　Come hither, come hither, come hither!

　2幕7場, ジェイクイズの「世界は舞台」で始まる人生を七幕に喩えた28行の台詞は屈指の名台詞.(歌舞伎なら「待ってました!」「たっぷり!」などと声がかかるところ)

　　この世界はすべてこれ一つの舞台,
　　人間は男女を問わずすべてこれ役者にすぎぬ,
　　それぞれ舞台に登場してはまた退場していく,
　　そしてそのあいだに一人一人がさまざまな役を演じる,
　　年齢によって七幕に分かれているのだ.

　　　　　　　　　　　All the world's a stage,
　　　And all the men and women merely players;
　　　They have their exits and their entrances,
　　　And one man in his time plays many parts,
　　　His acts being seven ages.

〘余談〙　アーデンの森はライオンも出てくる不思議な森で,「この森には治癒力がある. ここではみんな恋をする. ここに来るとなぜか悪人も改心してしまう」(松岡和子)
　忠僕なアダムはシェイクスピア自身が演じたとの話が伝わる.(他にはハムレットの父の亡霊なども演じたらしい)
〘映画〙　1936年, パウル・ツインナー監督. 映画初出演のローレンス・オリヴィエがオーランドーを演じた.

# 十二夜
## (Twelfth Night)

松岡和子訳, ジョン・ケアード演出 (2015年, 日生劇場) ちらし

〘**舞台**〙　初演は1904 (明治37) 年, 新京極・夷谷座.

　1959 (昭和34) 年, 文学座の公演では「おれはシェイクスピアを神棚から引きずり降ろすんだ」と言う演出の小沢栄太郎は, 三神勲訳を「大胆不敵, 傍若無人」(三神勲) に改訳, 手直しした. 大阪弁が交り, 卑語, 俗語が飛び交い,「教会へ行くんだって, 行きはシルバで, 帰りはルンバ. おれなら散歩はマンボで, 小便はチャッ, チャッ, チャッ, といくね (トゥビー)」といった調子だった.

　2015 (平成27) 年, ジョン・ケアードは元宝塚のトップスター音月桂に双子のヴァイオラとセバスチャンを一人二役で演じさせる. さすが男役は堂に入ったものだ.「最後に成河が歌う場面が胸に迫る. 風と雨に流されるような人の一生. 時間の前にすべてのものは必ず滅び, 再生する主調音が響く. 大胆, 鮮烈というより, 劇の本質を見せて奥深い」(山本健一)

〖**主な登場人物**〗

**オーシーノー**　イリリアの公爵. オリヴィアに対する恋の病にとりつかれているが, ヴァイオラと結ばれる.［219行］

**セバスチャン**　ヴァイオラの双子の兄. シザーリオと名乗る妹と間違われ, オリヴィアに求愛される.［124行］

**ヴァイオラ**　船が難破して, 双子の兄と離れ離れになり, 男装してシザーリオと名のり, 公爵に仕え, その公爵に恋する.［337行］

**オリヴィア**　兄の喪に服す令嬢. 公爵の愛を受け入れず, 使いに来たシザーリオ (ヴァイオラ) に恋してしまう.［308行］

**マルヴォーリオ**　オリヴィアの尊大な執事. 女主人に思いを寄せている. 落ちている手紙を読んで, お嬢様はおれを愛していると勝手に解釈して….［275行］

**サー・トービー・ベルチ**　オリヴィアの叔父. 飲んだくれ (「ベルチ」'belch' は「げっぷ」の意) 鼻持ちならぬマルヴォーリオをやっつけようと企む.［332行］

**マライア**　オリヴィアの侍女. マルヴォーリオを罠にはめる手紙を書く.［141行］

**フェイビアン**　オリヴィアの召使い. マルヴォーリオをからかう輪に加わる.［109行］

**フェステ**　オリヴィアの道化. 牧師のトーパスに扮して, 監禁されたマルヴォーリオを訪れる. 数曲歌う.［308行］

**サー・アンドリュー・エイギュチーク**　トービーに, オリヴィアに取り持ってやると言われ, 金をまきあげられる愚かな紳士.［147行］

**アントーニオ**　船長. セバスチャンの友人で, ヴァイオラを助けるが, 公爵の仇敵と思われ捕えられる.［106行］

**神父**　オリヴィアとセバスチャンの結婚を執り行う.

〖**場面**〗　イリリア, およびその近くの海岸 (イリリアはアドリア海沿岸の架空の王国)

【あらすじ】
　「音楽が恋の糧であるなら，つづけてくれ」，オーシーノー公爵はオリヴィアに恋するやるせない気持ちを吐露する．
　船が難破して海岸に辿り着いたヴァイオラは，男装してオーシーノーに仕える．公爵の使いとしてオリヴィアのところへつかわされると，オリヴィアは男装しているとは知らずにシザーリオと名乗るヴァイオラに一目惚れしてしまう．(第1幕)
　オリヴィアから渡してもいない指輪を返すと言われたヴァイオラは，自分に恋していると察する．しかしヴァイオラは公爵に恋していた．オリヴィア邸では，トービーたちが厳格すぎるマルヴォーリオを懲らしめようとして，女主人からと思わせる手紙を拾わせる．それには「黄色いストッキング」「十字の靴下どめ」をするようにとあった．(第2幕)
　オリヴィアはヴァイオラに愛を打ち明ける．アンドリューは，脈がなさそうなのでオリヴィアを諦めると言うと，トービーにヴァイオラと決闘で決着をつけるようにそそのかされる．マルヴォーリオは手紙にあったいでたちで現れ，狂ったと思われて暗い部屋に閉じ込められる．アンドリューとヴァイオラはトービーにけしかけられ剣を交える．(第3幕)
　オリヴィアはセバスチャンをヴァイオラと間違えて邸内に案内する．訳は分からないが，セバスチャンはオリヴィアに恋してしまう．一方，マルヴォーリオは牧師に化けて会いに来た道化にからかわれる．オリヴィアは神父と一緒に現れ，セバスチャンと礼拝堂に向かう．(第4幕)
　公爵と一緒にやって来たヴァイオラを，オリヴィアは「私の夫」と呼ぶ．驚く二人．そこへアンドリューが頭を割られたと現れる．ヴァイオラと思って再び挑んだ相手は強いセバスチャンであった．彼も現れて死んだと思ったヴァイオラとの再会を喜ぶ．そして公爵はヴァイオラと，トービーはマライアと結婚することになる．マルヴォーリオは偽手紙のことを知り，「復讐してやる」と言って退場し，道化の歌で幕となる．(第5幕)

【名場面・名台詞】
　2幕2場,男装のヴァイオラに一目惚れしたオリヴィア,それに気づいたヴァイオラ.

　　これからどうなるのだろう? 公爵はお嬢様を愛し,
　　男で女のあわれなこの私は公爵に夢中になり,
　　お嬢様はかんちがいして女で男の私に首ったけ.
　　いったいどうなるのだろう?

　　　How will this fadge? My master loves her dearly,
　　　And I, poor monster, fond as much on him;
　　　And she, mistaken, seems to dote on me.
　　　What will become of this?

　　このもつれた糸は私の手にあまるわ.ああ,時よ,
　　おまえの手にまかせるわ,これを解きほぐすのは.

　　　O time, thou must untangle this, not I,
　　　It is too hard a knot for me t' untie.

　2幕5場,偽の手紙を読んだマルヴォーリオは,「お嬢様が俺を愛しているという確証」を得たと勝手に解釈し有頂天になる.

　　ああ,運命の星よ,感謝します.おれはしあわせものだ.ようし,おれはもったいぶるぞ,気どってやるぞ,黄色い靴下に十字の靴下どめをつけるぞ,たったいまからな.ああ,神よ,運命よ,感謝感激です!

　　　I thank my stars, I am happy. I will be strange, stout, in yellow stockings, and cross-gartered, even with the swiftness of putting on. Jove and my stars be prais'd!

【余談】　「十二夜」とはクリスマスから数えて十二番目の夜,つまり1月5日の夜をさす.この芝居には「或いは,お好きなように」(*or What You Will*)と副題がついていて,「十二夜」の日に上演されることからつけられたらしい.

【映画】　1996年,トレヴァー・ナン監督.(ロイアル・シェイクスピア・カンパニーの初来日公演で『冬物語』を演出した)

# トロイラスとクレシダ
## (Troilus and Cressida)

小田島雄志訳・鵜山仁演出, 文学座ほか（2015年, 世田谷パブリックシアター）ちらし

【舞台】　初演は1972（昭和47）年, 小田島雄志訳, ジェフリー・ジーブスと出口典雄共同演出による文学座アトリエ. 文学座創立35周年記念「シェイクスピア・フェスティバル」の一本として上演された.（他は『ハムレット』と『ロミオとジュリエット』）砂を敷きつめただけの裸舞台で, トロイ側をアイヌ, ギリシア側を大和朝廷の対立として描いた. 道化役のパンダラスは加藤武であった.

いわゆるカタルシスのない芝居で,『尺には尺を』,『終わりよければすべてよし』と共に「問題劇」「問題喜劇」などとも呼ばれ, 滅多に上演されない芝居の一つだが, 2015（平成27）年, 鵜山仁が演出した. 劇評の中に,「戦争の発端は, 人妻の略奪事件に過ぎない. 道化に「どこも色事ばかり」と人の根源の欲望が暴かれる」「装置をギリシアの円形劇場にして, 見る, 見られる関係を立体化した演出に技巧を感じた」（山本健一）とある.

〖主な登場人物〗
〈トロイ側〉

**プライアム**　トロイの王．
**ヘクター**　プライアムの長男で「さわやかな勇士」だが，アキリーズに殺される．[213行]
**アンドロマキ**　ヘクターの妻．不吉な夢を見る．
**カサンドラ**　プライアムの娘．予言者．
**パリス**　プライアムの二男．スパルタ王メネレーアスの妻ヘレンを奪ってきた．
**トロイラス**　プライアムの息子．クレシダを熱愛する．[537行/クレシダは295行]
**クレシダ**　カルカスの「機会さえあれば喜んで男のものになるいたずら娘」で，捕虜との交換でギリシアへ行くと….
**カルカス**　トロイの神官．ギリシアがたに寝返る．
**パンダラス**　クレシダの叔父．トロイラスとの仲を取り持つ．[394行]
**イーニーアス**　トロイの将軍．使者役をつとめる．[146行]

〈ギリシア側〉

**アガメムノン**　ギリシアの総指揮官．「ギリシアの精髄であり，その支柱」[195行]
**ネスター**　最年長の武将．ヘクターを迎えて昔を語る．[158行]
**ユリシーズ**　「序列」と「時」について語る知将．[488行]
**アキリーズ**　傲慢な勇士．部下にヘクターを襲わせ，亡骸を馬に引きずり回させる．[190行]
**エイジャックス**　ユリシーズらにおだてられて，ヘクターとの一騎打ちの相手にされる．
**ダイアミディーズ**　クレシダの魅力に負ける．[104行]
**サーサイティーズ**　「コチコチの臍曲がり」で口汚く，誰かれなく容赦ない罵声をあびせる．[284行]

〖場面〗　トロイ，およびギリシア軍の陣営．

## 〖あらすじ〗

「舞台はトロイであります」と甲冑姿の口上役が，パリスがギリシアの人妻ヘレンを奪い連れ去ったのがトロイ戦争の原因で，戦況は一進一退であることを述べる．

食事をしていても「美しいクレシダの姿が胸に浮かんでくる」トロイラスは悶々として，彼女の叔父パンダラスにクレシダへの愛を打ち明ける．兄のヘクターは長引く戦況を打開するために，一騎打ちを申し出る．（第1幕）

ギリシアからヘレンを引き渡せば撤退するとの調停案が来て議論になるが，プライアム王はヘレンを守るのが名誉だとして，はねつける．（第2幕）

パンダラスは自宅の庭園で，トロイラスをクレシダに会わせる．ギリシアに寝返ったカルカスは，娘を呼び寄せようとして，クレシダと捕虜にしていたトロイの将軍との交換をアガメムノンに願い出て，聞き入れられる．一騎打ちを明日に控えて，エイジャックスはもう勝ったつもりでいる．（第3幕）

トロイラスとクレシダは，一夜の契りを交わすが，朝クレシダを1時間以内にギリシアの使者に渡さなければならないとの知らせが入る．二人は心変わりをしないことを誓い合い，トロイラスは袖を，クレシダは手袋を渡して別れる．ギリシアの陣営でヘクターとエイジャックスの一騎打ちが始まるが，ヘクターは「父の妹の息子」と血の流しあいはできぬ，といって中止する．夜，両軍は宴を開く．（第4幕）

トロイラスは，クレシダがダイアミディーズに会って，袖を渡すのを見てしまう．「あれはクレシダであってクレシダではない!」(This is, and is not, Cressid!) 傷心のトロイラスは，ダイアミディーズに復讐を誓うが討ち果たせない．休戦が終わり，再び両軍は相まみえる．ヘクターは，妻の見た不吉な夢とカサンドラの予言を振り切って出陣するが，鎧を脱いで休んでいて討たれる．トロイラスは「心の悲しみを復讐の望みにくるんで」トロイに向かって行進する．（第5幕）

〖名場面・名台詞〗
　1幕2場, クレシダは, トロイラスによそよそしくしようとする. 理由は,

　　女はくどかれるうちが天使, 男のものになったらおしまい,
　　男はものになるまでが君子. 愛されてこのことを知らない
　　女は愚かなもの, 手に入らないものを実際以上にありがた
　　がるのが男だもの.

　　　　　　　　　　　Women are angels, wooing:
　　Things won are done, joy's soul lies in the doing.
　　That she belov'd knows nought that knows not this:
　　Men prize the thing ungain'd more than it is.

　1幕3場, ユリシーズの「秩序論」は有名, その一節.

　　総指揮官は働き蜂が帰る蜂の巣のごときもの,
　　その働き蜂が巣に集まらないでどうして蜂蜜が
　　期待されましょう.

　　　When that the general is not like the hive
　　　To whom the foragers shall all repair,
　　　What honey is expected?

　3幕2場, トロイラスは, パンダラスにすぐにクレシダを連れてくると言われ, 有頂天である.

　　ああ, 目がまわる, 期待が俺の心をぐるぐるまわすのだ.
　　甘美な味を胸に思い描くだけで
　　もう感覚がとろけてしまいそうだ.

　　　I am giddy; expectation whirls me round;
　　　Th' imaginary relish is so sweet
　　　That it enchants my sense.


〖余談〗　英詩の父と言われたチョーサー（Geoffrey Chaucer; 1345?-1400）に長詩『トロイラスとクリセイデ』がある.
　英語の pander「ポン引き, 女衒」は, パンダラス（Pandarus）が取り持ち役を務めたことに由来する.

# 終わりよければすべてよし
## (All's Well That Ends Well)

小田島雄志訳・遠藤栄蔵演出（2011年, 板橋区民会館・小ホール）
ちらし

【**舞台**】　初演は1980（昭和55）年, 小田島雄志訳・出口典雄演出, 劇団シェイクスピア・シアターのジァン・ジァン.

ほとんど上演されることのない一本だが, 2011（平成23）年, 小田島雄志訳による全作上演を目指す板橋シェイクスピア・センターは『尺には尺を』と連続上演した.

2014（平成26）年秋には文学座アトリエで, 演劇研究所の研修科第3回発表会として上演された. 小田島雄志訳・高瀬久雄演出によるABの2組のキャストで, 各々2回づつの公演. 大道具も小道具もほとんど無い裸の舞台で, 観客に囲まれた狭い四角の舞台上での対角線の動きは遠い場所への旅を思わせた. またよくある絶叫調ではない抑制された台詞回しは「言葉の音楽」で, さすが文学座というべきか, 本舞台と変わらない質の高い舞台に仕上げた. ヘレナもとても魅力的であった.

【主な登場人物】

**フランス王** 不治の病におかされているが，ヘレナに救われる．［386 行］

**ラフュー** 老貴族．ヘレナを王に紹介する．ペーローレスの本性を見破り，バートラムに信用しないように忠告する．［275 行］

**ロシリオン伯爵夫人** バートラムの母．ヘレナの後見人で，我が子のように可愛がる．(シェイクスピアの劇中，最も聡明で魅力的な貴婦人）［281 行］

**バートラム** ロシリオン伯爵．王に押しつけられたヘレナと結婚するが，受け入れず戦線へ逃避する．ペーローレスの手引きでダイアナに言い寄り，指輪まで与え思いを遂げたと思ったが…．［273 行］

**リナルドー** 夫人の執事．

**ラヴァッチ** 同家の道化．［193 行］

**ヘレナ** 高名な医師の父が亡くなり，伯爵夫人に育てられる．フランス王との約束で，恋していたバートラムを夫にしてもらうが，妻として扱ってもらえない．しかし夫から出された条件をクリアする方法を思いつく．［473 行］

**ペーローレス** バートラムに従う「魂は着ている服」だけの男．奪われた太鼓を一人で取り戻すと豪語するが，敵に捕まったと思わされ，目隠しをされて本性を現す．［366 行］

**デュメイン兄弟** フランスの貴族．ペーローレスの正体を暴く計略を思いつく．［115 / 148 行］

**未亡人キャピュレット** ダイアナの母．フローレンスに巡礼にやって来たヘレナを助ける．

**ダイアナ** 未亡人の娘．バートラムに言い寄られるが，逢瀬の夜ヘレナと入れ替わる．［136 行］

【場面】 フランス（ロシリオン，パリ，マルセーユ）およびイタリア（フローレンス）

〖あらすじ〗

　「わが子を手放すのは，亡き夫をふたたび葬る思いです」とロシリオン伯爵夫人は，息子が王に仕えることになり，別れなければならい気持ちを吐露する．バートラムに密かに思いを寄せるヘレナも別れを悲しむ．王が不治の病に冒されていると知ったヘレナは，高名な医師であった父が残した処方で王の難病を治すべくパリへ向かう．(第1幕)

　治療を申し出るヘレナに王は，失敗したらお前の死の処方になるが，もし成功したら望みは何でも叶えると約束する．ヘレナは天下の名医たちが見放した難病から王を救う．報酬としてバートラムとの結婚を願い出るが，バートラムは受けつけない．王の命で仕方なく妻にはするが，初夜も過ごさずに，トスカーナの戦場に行くことにする．(第2幕)

　ヘレナは夫人のもとへ送り返され，バートラムから「おまえが私の指から決して抜けるはずのない指輪を手に入れ，おまえの胎から私を父親とする子供を生んで見せるときがくれば，私を夫と呼ぶがいい」という手紙を受け取る．

　聖ジェイクイズの巡礼となって旅に出たヘレナは，フローレンスでバートラムが，未亡人の娘ダイアナに言い寄っているのを知り，妙案が浮かぶ．(第3幕)

　バートラムは思いを遂げることができるのならと，ダイアナに求められて指輪を渡す．ダイアナは今夜会った時に別の指輪をつけてさしあげると言う．しかし逢引したのはダイアナの身代わりのヘレナであった．ヘレナは王からもらった指輪を渡し，後で自ら死んだという噂を流す．(第4幕)

　一人身になったバートラムはラフューの娘と再婚することになり，指輪を与えるが，それは王がヘレナに与えた指輪であった．王は，バートラムがヘレナを殺したのではないかと疑う．そこへ現れた未亡人とダイアナからバートラムの不実が知れ，ヘレナも現れ，すべてが明らかになる．するとバートラムはヘレナへの愛を誓うのであった．(第5幕)

〖名場面・名台詞〗
　2幕1場，王を不治の病から救うというヘレナと王との80行の対話は，韻を踏む二行連句の連続である．
　　私は信じていることを言い，言うことを信じております，
　　私の治療は必ずお役に立ち，陛下は必ずご回復なさいます．
　　　But know I think, and think I know most sure,
　　　My art is not past power, nor you past cure.
　　美しい医師よ，わしはおまえの治療を受けるとしよう，
　　ただし，わしが死ねば，それがおまえの死の処方となろう．
　　　Sweet practiser, thy physic I will try,
　　　That ministers thine own death if I die.
　4幕3場，貴族の一人は有名な台詞を吐く．
　　人間の一生は，善と悪とをより合わせた糸で編んだ網なのだ．
　　　The web of our life is of a mingled yarn, good and ill together.
　5幕3場，幕切れの王の10行の台詞も二行連句で韻を踏むが，締め括りは，
　　ともあれ，終わりがこのようにめでたく収まればすべてよしだ，
　　苦い過去は過ぎ去り，甘い未来を喜び迎えるのみだ．
　　　All yet seems well, and if it end so meet,
　　　The bitter past, more welcome is the sweet.

〖余談〗　題名の「終わりよければすべてよし」はヘレナの台詞に2度出てくる．（4幕4場と5幕1場）
　思いを遂げたと思ったが，ベッドを共にしたのは自分の妻であった．このように，相手はそうと知らずにベッドで身代わりになるのを「ベッド・トリック」(bed trick) と言い，このトリックはエリザベス朝の芝居に20以上確認できるという．（『尺には尺を』60頁参照）

# 尺には尺を
## (Measure for Measure)

小田島雄志訳・栗山民也演出 (1996年, 紀伊國屋ホール) ちらし

【**舞台**】 初演は1975 (昭和50) 年, 小田島雄志訳・出口典雄演出, 劇団シェイクスピア・シアターのジャン・ジャン.

　1996 (平成8) 年, 平幹二朗がヴィンセンシオ公爵を演じた.「美徳と背徳, 生と死, 聖と俗, 正義と悪, 権力と大衆……. 対立する価値が複雑に絡みあったドラマの世界を, 栗山は現代の価値の混乱と通底させる. マイルス・デイビスの音楽を使った, 近未来風の舞台設定が新鮮」で,「思い切りデフォルメされた登場人物たちのキャラクターが笑いを誘う」(今村修) 舞台であった.

　2014 (平成26) 年, 文学座は生誕450年を記念して, シェイクスピアを一年間にわたって上演した (朗読劇を含む) が, その幕が切って落とされたのはこの芝居 (小田島雄志訳・鵜山仁演出, 池袋のアウルスポット) であった.

【主な登場人物】

**ヴィンセンシオ公爵**　外国へ旅立つと伝え，アンジェロに代理を命じる．修道士**トマス**に打ち明けて衣服を借り，修道士として領内に留まり，様子を見る．[852行]

**アンジェロ**　公爵の代理．クローディオに死刑の判決を下し，助命に来たイザベラに驚くべき条件を出す．[322行]

**エスカラス**　老貴族．「国民の性質も，国家の制度も，裁判の手続き」も十分心得ている．[188行]

**クローディオ**　若い紳士．許嫁を結婚する前に身ごもらせて死刑を宣告される．「知らぬ世界に行くこと」を怖がり，妹にアンジェロの条件をのむよう頼む．[113行]

**ジュリエット**　クローディオの許嫁．

**イザベラ**　クローディオの妹で修道院にいる．「聖なる天使」は兄を救うためにアンジェロに慈悲を訴える．[420行]

**マリアナ**　婚約を破棄したアンジェロになおも恋する．公爵の一計により，念願が叶う．

**ルーシオ**　クローデイオの友人．イザベラをアンジェロのところへ連れて行く．公爵とは知らずに悪口雑言をたたき，最後に捨てた娼婦との結婚を命じられる．[302行]

**典獄**　「人間味にあふれている」看守長．公爵に便宜を図る．[163行]

**エルボー**　愚かな警吏．

**フロス**　ばかな紳士．

**アブホーソン**　死刑執行人．

**バーナーダイン**　放埓な囚人．

**オーヴァーダン**　淫売屋の女将．

**ポンピー**　オーヴァーダンの召使い．[158行]

**フランシスカ**　修道院の尼僧．（台詞は9行だが，時に名優によって演じられることがある端役）

【場面】　オーストリア（ウィーン）

〖あらすじ〗

　公爵はエスカラスに，アンジェロを公爵代理としてポーランドの旅にでると打ち明ける．呼ばれたアンジェロは，「国内の生殺与奪の権利はいっさいおまえのことばと心にある」と告げられる．街路で オーヴァーダンは紳士に，クローディオがジュリエットを妊娠させたために死刑の宣告を受けたことを話す．そこへ典獄に引かれてきたクローディオは，公爵代理に減刑を願い出るよう妹に伝えてくれと頼む．修道女院で話を聞いたイザベラが明日公爵に会うことを約束する．（第1幕）

　アンジェロのもとへやって来たイザベラを見たアンジェロは，彼女の清純な美しさに心を虜にされる．翌日再び現れたイザベラに，「死なせはせぬ，おまえが私を愛してくれれば」と条件を出す．イザベラは「お兄様はたいせつでも女の操はもっとたいせつ」と助命を諦める．（第2幕）

　監獄にいるクローディオは妹にアンジェロの条件を呑んで助けてくれ，と懇願するが，イザベラは「人でなし！」と言って聞き入れない．二人の話を聞いた公爵はイザベラに，女性の名誉を守り，兄を助け，さらに不当な目に遭っている女性に恩恵を与える妙案を持ちかける．（第3幕）

　公爵に言われた通りに，イザベラはアンジェロと夜遅く会う約束をする．しかし実際に会ったのはマリアナであった．アンジェロはそのことを知らない．翌日，監獄では典獄がアブホーソンにバーナーダインとクローディオの死刑を執行すると告げる．アンジェロは約束を破ったのだ．公爵は死んだ囚人をクローディオの身代りにすることにする．（第4幕）

　公爵が帰国すると聞いて，アンジェロらは市の門で出迎える．イザベラがアンジェロを姦淫の罪で訴えるが，公爵はイザベラとマリアナにも耳を貸さない．だが修道士の姿で現れて裁く．アンジェロは「尺には尺を」と死刑を宣告されるが，許されてマリアナと，クローディオはジュリエットと結ばれる．そして公爵はイザベラに愛を打ち明けるのであった．（第5幕）

【名場面・名台詞】
　兄と夫に死刑の判決が下った二人の女性が，救いを求めるシーンに注目．
　2幕2場，イザベラは「いくら弁護してもむだだ」というアンジェロにこう訴える．

> この世に生まれた人間はそれだけで罪を犯しています，それでも神は罰しようとなさらず，救いの道をお示しになりました．
>
> 　　Why, all the souls that were were forfeit once,
> 　　And He that might the vantage best have took
> 　　Found out the remedy.
>
> それをお考えになれば，その唇に慈悲のことばが湧きあがってくるでしょう．生まれ変わった人のように．
>
> 　　O, think on that, / And mercy then will breathe
> 　　within your lips. / Like man new made.

　5幕1場，マリアナにとってアンジェロは大切な夫．公爵に助命を嘆願する．

> どんな善人も罪から生まれると言います，またたいていの人は少しは悪いところがあるからこそ，だんだんに善人になっていくと言います．私の夫も同じこと．
>
> 　　They say best men are moulded out of faults,
> 　　And for the most, become much more the better
> 　　For being a little bad; so may my husband.

【余談】　「尺には尺を」は『新約聖書』「マタイによる福音書」7章2節「あなたがたは自分の裁く裁きで裁かれ，自分の量る秤で量り与えられる」に由来する．
　アンジェロが抱いたと思ったのはイザベラと代わったマリアナであった．ベッド・トリック (bed trick) である．(『終わりよければすべてよし』56頁参照)

## 歌舞伎とシェイクスピア

日本人によるシェイクスピア上演は，明治時代に歌舞伎への翻案に始まったが（29頁参照），昭和期に歌舞伎として上演された注目すべき翻案が2作ある．

仮名垣魯文が翻案し，1886（明治19）年「東京絵入新聞」に連載された『葉武列土倭錦絵（はむれっとやまとにしきえ）』が，約百年を経て1991（平成3）年にグローブ座で初演された．（画像: 1997年，サンシャイン劇場の再演ちらし）　時は南北朝時代，主人公葉叢丸（はむらまる），オフィーリアの実刈屋姫（みかりやひめ）の二役を市川染五郎が演じ，沢村田之助（2002年に人間国宝）らが脇を固めた．1991年にはジャパン・フェスティバルの演目の一つとしてイギリスで巡演され，こちらでも好評であった．

今井豊茂脚本・蜷川幸雄演出による『十二夜』は，初演2005（平成17）年の歌舞伎座．（画像: 2007年，新橋演舞場の再演ちらし）　「蜷川幸雄は，この舞台を鏡の世界として演出した．幕が開くと，舞台は一面の鏡で，客席の赤いちょうちんの列を映している．鏡が透けると，満開の桜が現れ，南蛮風の衣装の少年たちが，チェンバロの伴奏で，ラテン語の聖歌を歌っている．（中略）序幕から大詰まで，屋内ならふすま，屋外なら背景は基本的に鏡である．自分の性を偽る琵琶姫は「鏡の国のアリス」であり，ほかの人々も，やはり鏡の国をさまよっている」（天野道映）

## 歌舞伎役者とシェイクスピア

最も多くシェイクスピア劇に出演したのは当代の松本幸四郎．ロミオ（1974年，日生劇場）も演じたが，ハムレット（1972年，帝国劇場），リア王（1975年，日生劇場；画像：プログラム表紙）〔以上，市川染五郎時代〕，オセロー（1994年，日生劇場），マクベス（1996年，セゾン劇場）と四大悲劇の主人公をすべて演じ，再演された舞台もある．こんな俳優は，本場イギリスでさえ何人もいないのではないだろうか．

幸四郎の長男の市川染五郎は何と14歳でハムレットを演じ（1987年，三百人劇場）約10年後に再演した．（1998年，サンシャイン劇場）「この作品は，上演する上で基本的に矛盾があると思える．不倫を犯した母の存在に，あのように繊細に悩むのは，少年の影を残しているほどの若々しさが必要であろう．その一方で，批評的な目で人生を語るには，かなりの演技力，特に台詞術が必要である．これは，中年ハムレットが多い所以である」と，河村常雄は書いているが，これは異例の若さであった．

片岡仁左衛門も孝夫時代にハムレットを日生劇場で2度（1984年と1990年）演じ，南座（1987年）の舞台にもかけた．

坂東玉三郎はマクベス夫人を演じ（1976年，日生劇場；マクベスは平幹二朗）大変な評判であった（89頁参照）が，二代目尾上松緑がオセローを再演（1977年，新橋演舞場）した時にはデズデモーナ役で話題をさらった．

歌舞伎役者には圧倒的に悲劇が好まれているのが分かるが，他には二三の喜劇と歴史劇『リチャード三世』で，物故した十七世中村勘三郎（1964年，日生劇場），二世尾上辰之助（1980年，サンシャイン劇場）が主演した例などがある．

# タイタス・アンドロニカス
## (Titus Andronicus)

小田島雄志訳, ロン・ダニエルズ演出（1992年, セゾン劇場）ちらし

【舞台】 初演は1969（昭和44）年, 木村優訳・演出で演劇集団華のアート・サロン.

1992（平成4）年, ダニエルズは「舞台は古代ローマだが, この舞台ではそれを表すものは, 言葉から装置, 衣装にいたるまで消してある」そして「そこに種々様々な国と時代を示す記号が盛り込まれる（たとえば最後の宴会の場のタイタスは日本料理の板前の白衣にフランス料理のシェフのキャップで登場）」といった「無国籍の報復劇として演出した」（松岡和子）

2004（平成16）年, 松岡和子訳・蜷川幸雄演出の舞台（彩の国さいたま芸術劇場）は「戦争と流血の絶えない現代の世界を投影した」「人間はしょせん, 憎み合うだけの存在なのか——. そんな思いが高まる終幕に, 蜷川は小さな光をともす. 演劇には, 悲惨な現実を超えて,「希望」を伝える力があるはず. そんな演出家の祈りが, タイタスの孫の少年と生まれたばかりのエアロンの息子に託される」（山口宏子）

〖**主な登場人物**〗

**サターナイナス**　ローマ皇帝になり，タモーラを后にする．弟殺しの疑いでタイタスの息子二人を処刑する．［211行］

**バシエイナス**　ローマ皇帝の弟．ラヴィニアを妻にする．森で狩りの途中，タモーラの息子たちに殺される．

**タイタス・アンドロニカス**　ローマの将軍．ゴート族を倒し，女王タモーラらを人質に凱旋するが，待ち受けているのは悲劇であった．［723行］

**ラヴィニア**　タイタスの娘．タモーラの息子たちに凌辱され，父に殺される．（シェイクスピアの全劇作中，最も悲惨な目に遭う女性である）

**リューシアス**　タイタスの長男．終幕で父を殺した皇帝に復讐し，新皇帝となる．［190行］

**小リューシアス**　リューシアスの息子．ラヴィニアと遊ぶ．

**マーカス・アンドロニカス**　タイタスの弟．護民官．凌辱されたラヴィニアに最初に出会う．［312行］

**パブリアス**　マーカスの息子．タイタスの復讐の手助けをする．

**イーミリアス**　ローマの貴族．

**タモーラ**　ゴート族の女王．捕虜にされてローマに連れてこられるが，皇帝に見初められて后になる．［260行］

**アラーバス**　タモーラの息子．タイタスの息子たちの葬儀の生贄にされる．［0行］

**ディミートリアスとカイロン**　タモーラの息子．ラヴィニアを凌辱するが，タイモンに殺されパイにされる．

**アーロン**　ムーア人，タモーラの愛人．「おれの生涯にただの一度でも善いことをしていたら，おれは魂の底からそいつを悔やむことだろう」と言う極悪人．半身生き埋めの刑になる．［356行］

**道化**　鳩二羽を持って登場する．

〖**場面**〗　イタリア（ローマ，およびその近郊）

【あらすじ】
　タイタスはゴート族の女王タモーラらを捕虜にして凱旋帰国する．ローマ皇帝にサターナイナスを推すと，彼はタイタスの娘ラヴィニアを后にしたいと言うが，彼女は既に皇帝の弟バシエイナスと言い交した仲であった．するとサターナイナスはタモーラを后にする．（第1幕）
　「あのタモーラもいまはオリンパスの山頂に登った」と知った愛人アーロンは，同じ高さに登りつめる，と独白する．カイロンとディミートリアスはラヴィニアのことで言い争って登場すると，アーロンは一計を授ける．狩りの当日，アーロンはタイタスの二人の息子を誘い出し，殺したバシエイナスが横たわる穴に落として下手人として逮捕させる．ラヴィニアはタモーラの息子二人に凌辱され，舌と両手を切り取られる．（第2幕）
　タイタスは死刑に決まった二人の息子の助命を嘆願する．そこへ変わり果てたラヴィニアがマーカスに伴われて姿を現す．アーロンに，一族の者の片手を切り落して献上すれば二人の命は助ける，と言われて，タイタスは自分の手をさし出すが，届けられたのは二人の首であった．（第3幕）
　ラヴィニアは『変身物語』のテリュースがフィロメラを手ごめにした頁を見ている．それを見たタイタスは何があったかを察する．ラヴィニアは口で砂に凌辱した二人の名を書くと，タイタスは復讐を誓う．宮殿ではタモーラが出産する．生まれたのは黒い肌の子で，父親のアーロンに「短剣で洗礼を施すように」とタモーラから届けられる．（第4幕）
　追放されていたリューシアスがローマに攻めてくる．廃墟で赤子をあやすところを捕えられたアーロンは，子供の命と引き換えに総てを白状する．タイタスはタモーラの二人の子の喉を切り裂き，流れる血をラヴィニアが盥で受ける．二人はパイにされ，タモーラに供される．タイタスは恥辱を絶つためにラヴィニアを，そしてタモーラも殺すが，皇帝に殺される．リューシアスが父の仇をとり，皇帝位につくのであった．（第5幕）

〖名場面・名台詞〗
 3幕1場,最愛の娘ラヴィニアが変わり果てた姿になって,タイタスの嘆きは深い.

　　うち続くこの不幸に理性が納得しうる理由があれば,
　　おれの悲しみをある限度内におさえることもできよう.
　　だが天が号泣すれば大地に水があふれるではないか?
　　風が激怒すれば海も狂い立ち,大波逆巻くその顔を
　　もって大空をおびやかすではないか?

　　　If there were reason for these miseries,
　　　Then into limits could I bind my woes:
　　　When heaven doth weep, doth not the earth o'erflow?
　　　If the winds rage, doth not the sea wax mad,
　　　Threat'ning the welkin with his big-swoll'n face?

 4幕4場,追放したタイタスの息子がローマを攻めてくると聞いて怯える皇帝サターナイナスに,タモーラは言う.

　　蠅が飛びこんだぐらいで太陽の光が暗くなりますか?
　　鷲は小鳥たちがなにを歌おうと勝手にさせておき,
　　その歌の意味などいちいち気にしたりはしません,
　　いざとなれば翼をひろげるだけで小鳥の歌など
　　いつでもやめさせられることを知っているからです.

　　　Is the sun dimm'd, that gnats do fly in it?
　　　The eagle suffers little birds to sing,
　　　And is not careful what they mean thereby,
　　　Knowing that with the shadow of his wings
　　　He can at pleasure stint their melody.

〖余談〗　最も残酷な悲劇だが,エリザベス朝時代にはこのような流血悲劇が好まれて舞台にかかったという.トマス・キッド(Thomas Kyd; 1558-94)の『スペインの悲劇』は有名である.
〖映画〗　1999年,ジェリー・テイモア監督・脚本・制作,アンソニー・ホプキンス,ジェシカ・ラング主演.

# ロミオとジュリエット
## (Romeo and Juliet)

小池修一郎潤色・演出（2011年，東京宝塚劇場）ちらし

【舞台】　初演は1904（明治37）年，小山内薫翻案の真砂座．

　1979（昭和54）年，宝塚月組公演でロミオを演じた大地真央は3つのポイントを考えたという．「まずロザラインという女性に憧れてボーッとなっているロミオ，次にジュリエットに出会って真実の恋を知ったロミオ，最後にティボルトを殺したあとその責任をかぶっているロミオ」を「（マオは）生き生きと演じた」（小田島雄志）

　2011（平成23）年に主演した音月桂は「特に舞踏会でのジュリエットとの出会いを大切にしています．彼女との出会いは探していたものにやっと出会えたという言葉にもできないような感覚ですね．だから彼女と踊りだすまで長く見つめあっています」と役の一端を話す．この舞台はJ・プレスギュルヴィックによるフランス版のロック・ミュージカルであった．

〖主な登場人物〗

**エスカラス**　ヴェローナの大公.

**パリス**　大公の親族の青年貴族. ジュリエットに求婚する.

**修道士ロレンス**　追放されたロミオと, ジュリエットを一緒にするために一計を案じるが…. 多くの警句を吐く. [351行]

**修道士ジョン**　ロレンスにロミオへの使いを頼まれるが, 伝染病で足止めを食い, 目的を果たせずに舞い戻る.

**薬屋**　「頬はやせこけ, 貧苦に身をすりへらして残るは骨だけ」の男. ロミオに禁止されている毒薬を売る.

〈モンタギュー家〉

**モンタギュー**　ロミオの父.

**モンタギュー夫人**　騒動に加わろうとする夫を止める.

**ロミオ**　ロザラインに恋煩いをしていたが, ジュリエットに出会い, 激しい恋に落ちる. [612行]

**マーキューシオ**　ロミオの友人. ティボルトと剣を交え「はからずも墓に眠る」と洒落を言って死ぬ. [261行]

**ベンヴォーリオ**　モンタギューの甥. ロミオの友人. [160行]

**バルサザー**　ロミオの召使い. ジュリエットが死んだと伝える.

〈キャピュレット家〉

**キャピュレット**　ジュリエットの父. [273行 / 夫人は115行]

**キャピュレット夫人**　夫と共に娘の気持ちを理解しない母.

**ジュリエット**　キャピュレットの娘, 間もなく14歳になる. [544行]

**ジュリエットの乳母**　好色な話もする饒舌な乳母. (この役が上手くないとこの芝居は成功しないという人もいるくらい重要な役) [281行]

**ティボルト**　キャピュレット夫人の「血の気の多い」甥. マーキューシオを殺し, ロミオに仇をとられる.

〖場面〗　イタリア (ヴェローナ, マンチュア)

【あらすじ】

「花の都のヴェローナに，勢威をきそう二名門」の不幸な星のもとに生まれた恋人の話，との口上で幕があく．

モンタギューとキャピュレット家の者たちが街路で争い，大公は，当主に再び争いを起こした者は極刑にすると宣言する．ロミオはキャピュレット家の宴会で会ったジュリエットと恋に落ちる．敵対するモンタギュー家のロミオが紛れていることを知ったティボルトは怒りをあらわにする．(第1幕)

宴の後，去り難いロミオは庭に忍び込み，バルコニーでジュリエットと愛を交わす．翌朝，薬草を摘んでいる修道士ロレンスのところへロミオがやって来る．ロレンスは両家の不和が解消するのを願って，二人を密かに結婚させる．(第2幕)

怒りがおさまらないティボルトはロミオに決闘を申し込む．ロミオに戦う気はなく，マーキューシオが相手になり殺される．親友が殺されて逆上したロミオはティボルトを刺殺する．そのために追放処分になったロミオはジュリエットと一夜を過ごしマンチュアに発つ．ティボルトがロミオに殺され，ロミオは追放と聞いたジュリエットの嘆きは深い．そうとは知らぬ両親は，娘の悲しみをそらそうとして，決めていた相手パリスとの結婚を急ぐ．(第3幕)

ジュリエットはロレンスに助けを求め，言われるまま42時間仮死状態になる薬を飲み，埋葬される．目を覚ますと，ロミオに会える手筈であった．(第4幕)

ところがこのことを知らせるロレンスからの手紙が届かず，ロミオはジュリエットが死んだとの知らせを聞き絶望する．ロミオは後を追おうと毒薬を手に入れ，ジュリエットが眠る墓所へ急ぐ．そこに居合わせたパリスと争いになって倒す．そしてジュリエットを抱きしめて毒を飲む．目を覚ましたジュリエットはロミオが死んでいるのを見て驚愕し，短剣で胸を刺して息絶える．キャピュレットは「あわれ二人はわれら両家の憎しみの生贄なのだ」と言い，両家は和解する．(第5幕)

〘名場面・名台詞〙
 1幕5場,初めて言葉を交わすロミオとジュリエット.
　　もしもこの　いやしいわが手が　あなたの手にふれ,
　　聖堂を　汚せば罰は　もとより覚悟.
　　この唇　はにかむ巡礼が　やさしい口づけで
　　手荒な手の　あとぬぐうべく　ひかえております.
　　　If I profane with my unworthiest hand
　　　This holy shrine, the gentle sin is this,
　　　My lips, two blushing pilgrims, ready stand
　　　To smooth that rough touch with a tender kiss.
　　巡礼様　その手にあまり　ひどすぎるお仕打ち,
　　このように　礼儀正しい　信心ぶりですのに.
　　　Good pilgrim, you do wrong your hand too much,
　　　Which mannerly devotion shows in this.
 2幕2場,ジュリエットは,ロミオが敵対するモンタギュー家なのを知って言う.
　　おお,ロミオ,ロミオ! どうしてあなたはロミオ?
　　　O Romeo, Romeo, wherefore art thou Romeo?
　　名前ってなに? バラと呼んでいる花を
　　別の名前にしてみても美しい香りはそのまま.
　　　What's in a name? That which we call a rose
　　　By any other word would smell as sweet.

〘余談〙　ハムレットを颯爽と演じて評判だった芥川比呂志は後に薬屋の役を熱望して実現した.英文学者の福原麟太郎も,もし舞台に立つならこの役をやりたい,と言ったそうで,台詞はわずか7行だが不思議な魅力を持っている役のようだ.
〘映画〙　1968年,フランコ・ゼッフィレッリ監督,レナード・ホワイティング,オリビア・ハッセイ主演.必見の一本.
　1996年,バズ・ラーマン監督,レオナルド・ディカプリオ,クレア・デインズ主演.

# ジュリアス・シーザー
## (Julius Caesar)

小田島雄志訳・増見利清演出, 俳優座 (1977年, 東横劇場) プログラム
仲代達矢 (アントニー) と加藤剛 (ブルータス) の二大スターが共演.

【舞台】 初演は1901 (明治34) 年の明治座. 坪内逍遙訳『該撒奇談 自由太刀餘波鋭鋒 (シイザルきだん じゆうのたちなごりのきれあじ)』の演説の場を『該撒奇談』として上演した.

 1994 (平成6) 年のロイアル・シェイクスピア劇団の公演 (グローブ座) では, 1階中央の席を取り外し, 立見席の観客は群集となった. 「私たち立ち見客はにぎやかな音楽隊に導かれて, 堂々, ゾロゾロと入場する. 群集をかき分けてシーザーが登場すると, さっそく出番だ. 私たちローマ市民は歓呼の拍手を送る. クライマックスはシーザー暗殺とそれに続くブルータスの演説, そしてアントニーの演説である. 群集に紛れ込んだ俳優が演説に呼応して叫ぶ. せっかくだから, 私も小声でせりふを発してみる. (中略) ブルータスからアントニーへあっさりくら替えする群集心理をリアルに味わう」〈眠〉

## 【主な登場人物】

**ジュリアス・シーザー** ブルータスらに襲われ,「おまえもか,ブルータス!」(Et tu, Brute!) の言葉を残して倒れる.フィリパイでの決戦の前夜,亡霊となって現れる.[135行]

**カルパーニア** シーザーの妻.3月15日の朝,夫に出かけないようにと懇願するが….

**マーク・アントニー** 冷徹な目を持ち,巧みな言葉で民衆の心を動かし,陰謀の一味を追いやる扇動政治家.[329行]

**オクテイヴィアス・シーザー** シーザーの姪の子.

**イーミリアス・レピダス** 「なんの取り柄もない男」とアントニーに評される.〔以上三人はシーザー死後の執政官で三頭政治を行うが,この芝居ではオクテイヴィアスとレピダスは,各々わずか46行と4行の台詞で,目立った働きはない〕

**シセロー** 元老院議員.

**ブルータス** 理想主義で現実を見誤り,シーザー暗殺の首謀者となる.[728行 / 妻は92行]

**ポーシャ** ブルータスの妻.夜遅くまで起きている夫を心配する.夫と離れ,火をのんで自害する.

**キャシアス** 「やせて飢えた顔つき」で「考え過ぎる」危険な男とシーザーは評する.ブルータスを味方につけ,シーザーを暗殺しようとする.[525行 / キャスカは133行]

**キャスカ** キャシアスに誘われシーザー暗殺の一味に加わる.

**ピンダラス** キャシアスの召使い.命じられて主人を刺し,自由の身になりローマを去る.

**フレイヴィアスとマララス** シーザーに敵対する護民官.

**占い師** シーザーに予言を伝える.

**シナ** 詩人.暗殺者たちの一人とたまたま名前が同じだったばっかりに….

【場面】 イタリア(ローマ,サーディス近郊,フィリパイ近郊)
【時】 紀元前44〜42年.

ジュリアス・シーザー　73

【あらすじ】
　「さあ，帰れ，帰れ，怠けものめが，家に帰れ」と，護民官はシーザーの凱旋を見ようと広場に集まった平民たちを，解散させようとする．シーザーの前に姿を現した占い師は「用心なさい，三月十五日に」(Beware the ides of March.)とシーザーに警告する．キャシアスは高潔なブルータスの心を探り，巧妙にシーザー打倒をほのめかす．（第 1 幕）
　ブルータスは眠れないでいると，キャシアスが一味の者たちを連れてやって来て心を動かされ，シーザー暗殺を決断する．当日，カルパーニアは，夫が殺される夢を見，またローマに最近起きた不吉な出来事から出かけるのを思いとどまらせようとする．それを一味の一人はすべて吉兆と解釈してみせ，一緒にキャピタルへ行くことに同意させる．（第 2 幕）
　予言通りにシーザーは暗殺される．ブルータスがその理由を市民に説明する演説を行うと，市民たちは納得する．続いてアントニーはシーザーがどんな人物だったか，卑近な例を上げながら語る．そして一味の者たちは「公明正大な」(honorable)人たちだという言葉を繰り返しながら，群集の心に「本当にそうか?」という疑心暗鬼を起こさせ，巧みに扇動する．遂に「謀反人の家に火をつけるのだ」と言って押しかける群集を見て，アントニーはにんまりする．（第 3 幕）
　アントニー邸では死刑にする者たちを決めている．一方サーディス近くのブルータス陣営では，ブルータスとキャシアスの間に感情の行き違いが生じる．収賄を巡ってお互いを責めるが，ブルータスが思い直して仲を取り戻す．そこへアントニーたちの大軍が進軍している報告が入り，決戦に出ることにする．夜ブルータスの前にシーザーの亡霊が現れる．（第 4 幕）
　フィリパイで決戦となる．旗色が悪くなり，キャシアスは下僕に自分の胸を突かせて息絶え，ブルータスも家来に持たせた剣を目がけて走って死ぬ．アントニーは「高潔なローマ人だった」と言って，ブルータスの死を悼むのであった．（第 5 幕）

〖名場面・名台詞〗
　3幕2場, ブルータスはシーザー追悼の演説をする.
　　シーザーは私を愛してくれた, それを思うと私は泣かざるをえない. 彼はしあわせであった, それを思うと私は喜ばざるをえない. 彼は勇敢であった, それを思うと私は尊敬せざるをえない. だが彼は野心を抱いた, それを思うと私は刺さざるをえなかった.

　　　　As Caesar lov'd me, I weep for him; as he was fortunate, I rejoice at it; as he was valiant, I honor him; but, as he was ambitious, I slew him.

　それに対しアントーニオは卑近な例を挙げて, シーザーに野心などなかったことを訴える. その一つは,
　　貧しいものが飢えに泣くときシーザーも涙を流した,
　　野心とはもっと冷酷なものでできているはずだ,
　　だがブルータスは彼が野心を抱いていたと言う,
　　そしてそのブルータスは公明正大な人物だ.

　　　　When that the poor have cried, Caesar hath wept;
　　　　Ambition should be made of sterner stuff:
　　　　Yet Brutus says he was ambitious,
　　　　And Brutus is an honorable man.

〖余談〗　1982年, カナダの劇場での舞台.「ブルータス, お前もか」と言って倒れたシーザー. 迫真の演技と思ったが, 実はブルータスの短剣が勢い余って胸に本当に突き刺さっていた! 痛みを必死にこらえ, 幕が下りるまでステージに倒れていたというから凄い. これこそ役者根性と絶賛された.
〖映画〗　1953年, ジョゼフ・マンキーウィック監督, マーロン・ブランド, ジョン・ギールグッド主演. 必見の一本.
　1970年, スチュアート・バージ監督, チャールトン・ヘストン主演. 名優ジョン・ギールグッドは1953年にはキャスカ, 1970年にはシーザーを演じた.

# ハムレット
## (Hamlet)

福田恆存訳・浅利慶太演出, 劇団四季 (1969年, 日生劇場) ちらし

【舞台】　初演は1902 (明治35) 年の京都・朝日座, 翻案劇『紅葉御殿』で, ハムレットを葉村清, オフィーリアを折江とした.

坪内逍遙訳による初演は1907 (明治40) 年の本郷座.

1968 (昭和43) 年, 福田恆存訳・浅利慶太演出 (日生劇場) は,「つとめて奇をてらわぬ原作主義とでもいうか, (中略) むりに現代の問題意識でわりきらず, 錯綜と調和のバランスに立つ原作の多面性を, 素直に追うことによって人間の複雑さをおのずから浮きあがらせることに, かなり成功」(河竹登志夫) して, 翌年に同劇場で再演された.

1978 (昭和53) 年, 蜷川幸雄は帝国劇場で演出し,「劇中劇の場面で日本の雛祭りの趣向が使われた. 赤い毛氈を敷いた階段の上に俳優たちが雛祭りの人形のように並び, 日本の伝統的な貴族社会を象徴するタブロー」を作り, この趣向が「蜷川の日本的シェイクスピア劇の系譜を作ることになる」(扇田昭彦)

〘主な登場人物〙

**クローディアス**　デンマーク王．兄を毒殺して王位に就く．［550行］

**ガートルード**　王妃，ハムレットの母．先王が逝去して二カ月もたたないうちに再婚する．［157行］

**ハムレットの父の亡霊**　ハムレットに真相を告げて復讐を命じる．

**ハムレット**　先王の息子にして現王の甥．狂気を装い，父の敵を討つ機会をうかがう．［1,495行］（全劇作中最も多い台詞数）

**ポローニアス**　内大臣．ハムレットの狂気（の振りとは知らない）を，娘との失恋のせいと思い込む．［355行］

**レアティーズ**　ポローニアスの息子．父の不審な死を聞いてフランスから帰国すると，変わり果てた妹を見る．［206行］

**オフィーリア**　ポローニアスの娘．「五月のバラ」はハムレットに恋するが，父を殺され，狂乱の中溺死する．［173行］

**ホレイシオ**　ハムレットが心を許す唯一の親友．［291行］

**ローゼンクランツとギルデンスターン**　王に頼まれてハムレットの心を探ろうとする廷臣．イギリスに行くハムレットに同行するが，ハムレットに親書を書き変えられ，身代わりに殺される．

**オズリック**　きざな廷臣．ハムレットにレアティーズとの剣の試合のことで話にくる．

**バナードーとマーセラス**　夜警の将校．

**旅回りの役者たち**　「ゴンザーゴー殺し」を演じる．

**墓掘りたち**　一人は土中から出てきた宮廷道化師だったヨリックの頭蓋骨をハムレットに渡す．道化役．

**フォーティンブラス**　ノルウェー王子．デンマークの王位継承者となり，死者を弔うために「さあ，兵に命じて，礼砲をうて」と命じ，幕となる．

〘場面〙　デンマーク（エルシノア）

〖あらすじ〗
　「だれだ?」と夜警のバナードーは誰何する．交替の者たちであったが，エルシノア城には夜な夜な亡霊が出るのだ．今夜も甲冑姿で現れた亡霊は先王そっくりであった．ホレイシオはハムレットに報告することにする．

　先王崩御の後，弟クローディアスが戴冠し，先王の妻ガートルードと結婚した．王子ハムレットは父を失い，母が不義の床についたことで悲しみが消えない．真夜中，夜警に立ったハムレットは，父の亡霊から毒殺された事を聞き，復讐を誓う．(第1幕)

　オフィーリアは父に，ハムレットが正気を失ったようなおかしな恰好でしたと話す．手紙を返し，もう近づかないように話した，と娘から聞いたポローニアスは「恋ゆえの狂気」と思い込む．王はローゼンクランツとギルデンスターンに，ハムレットの「心を慰め」原因を探るよう命じる．(第2幕)

　旅役者たちが，ハムレットの希望で「ゴンザーゴー殺し」を演じる．先王を毒殺したと同じようなシーンを見せられた王はいたたまれずに席を立つ．ハムレットが母親の部屋に行くのを見たポローニアスは，壁掛けの後ろで様子を聞いていて声を出し，王と間違われて刺殺される．(第3幕)

　王はハムレットをこのままにしては我が身が危険と，「着いたら即座に殺す」よう依頼した手紙を伴に持たせて，イギリスに遣る．父の死を聞いたレアティーズが帰国して見たのは狂乱したオフィーリアの姿であった．まもなく溺死が伝えられ，悲しみにくれる．(第4幕)

　王の裏をかいて帰国したハムレットが，ホレイシオと墓地に現れると，オフィーリアが埋葬されるのを見て驚く．レアティーズは父の仇のハムレットに剣で挑む．ハムレットは毒が塗ってあった剣で刺されるが，その剣を奪ってレアティーズとクローディアスを刺す．ガートルードはクローディアスが用意した毒杯を呑んで死ぬ．ハムレットは毒が回り「あとは沈黙」(The rest is silence.) の言葉を残して息絶える．(第5幕)

## 【名場面・名台詞 1】

ハムレットの独白は七つ,その中から三つの冒頭.

第一独白（1幕2場）

あゝ,このあまりにも硬い肉体が
崩れ溶けて露と消えてはくれぬものか!

> O that this too too solid flesh would melt,
> Thaw, and resolve itself into a dew!

第四独白（3幕1場）

このままでいいのか,いけないのか,それが問題だ.
どちらがりっぱな生き方か,このまま心のうちに
暴虐な運命の矢弾をじっと耐えしのぶことか,
それとも寄せくる怒濤の苦難に敢然と立ちむかい,
闘ってそれに終止符をうつことか.

> To be, or not to be, that is the question:
> Whether 'tis nobler in the mind to suffer
> The slings and arrows of outrageous fortune,
> Or to take arms against a sea of troubles,
> And by opposing end them.

第七独白（4幕4場）

見るもの聞くもの,すべてがおれを責め,
にぶった復讐心に拍車をかけようとする!
食って寝るだけに生涯のほとんどをついやすとしたら,
人間とはなんだ? 畜生と変わりがないではないか.

> How all occasions do inform against me,
> And spur my dull revenge! What is a man,
> If his chief good and market of his time
> Be but to sleep and feed? a beast, no more.

第四独白の一行目は,「生きてどどまるか,消えてなくなるか,それが問題だ」(松岡和子),「生きるべきか,死ぬべきか,それが問題だ」(河合祥一郎) ほか20以上の色々な訳がある.

〖名場面・名台詞 2〗
　1幕3場, ポローニアスの息子への忠告の一つ.
　　語るにたる友と見きわめをつけたら,
　　たとえ鉄のたがで縛りつけても離すでない.
　　　Those friends thou hast, and their adoption tried,
　　　Grapple them to thy soul with hoops of steel.
　3幕3場, クローディアスは先王殺しの罪に苛まれる.
　　ことばは天を目指すが心は地にとどまる,
　　心のともなわぬことばがどうして天にとどこうか.
　　　My words fly up, my thoughts remain below:
　　　Words without thoughts never to heaven go.
　4幕5場, 狂乱したオフィーリアは花を持って登場する. 居合わせる人たちに渡す花にはそれぞれ意味がある.
　　これがマンネンロウ, 思い出の花.
　　ね, お願い, 私を忘れないで.
　　　There's rosemary, that's for remembrance;
　　　pray you, love, remember.
　4幕7場, オフィーリアの溺死の様子を話すガートルード.
　　しばらく人魚のように川面に浮かびながら
　　古い歌をきれぎれに口ずさんでいました,
　　まるでわが身に迫る死を知らぬげに.
　　　And mermaid-like awhile they bore her up,
　　　Which time she chanted snatches of old tunes,
　　　As one incapable of her own distress.
　5幕1場, レアティーズが墓地で.
　　亡骸（なきがら）を埋めろ.
　　美しい汚れを知らぬ妹のからだから,
　　スミレの花よ, 咲き出でよ.
　　　　　　　　　　　　Lay her i' th' earth,
　　　And from her fair and unpolluted flesh
　　　May violets spring!

【名場面・名台詞 3】
　3幕2場，ハムレットに笛を吹いてみてくれと言われ，吹けませんと答えるローゼンクランツとギルデンスターン．自分の心を探りに来た二人にハムレットはこう言う．

　　この小さな笛にも，妙なる音楽をかなでる力はある，
　　それすら吹きこなせないくせに，なんだ! このおれを
　　一本の笛よりもあつかいやすいと思っているのだな?

　　There is much music, excellent voice, in this little
　　organ, yet cannot you make it speak. 'Sblood, do you
　　think I am easier to be play'd on than a pipe?

　5幕1場，墓掘りの場．キリスト教が禁じる自殺をした者の埋葬は許されなかった．墓掘りは，身分のあるオフィーリアが許されたのは，法律の解釈によるんだ，と相棒に説明する．

　　この人間がだ，その水のとこまで歩いて行って，溺れるとする，となりゃ，いやでもおうでも，こいつが行ったってことになる，そうだろうが．ところがだ，もしもこの水のほうがだ，その人間のところまで出かけて行って溺らせるとする，となりゃあ，てめえで勝手に溺れたってことにはなるめえ．

　　If the man go to this water and drown himself, it is,
　　will he, nill he, he goes, mark you that. But if the
　　water come to him and drown him, he drowns not
　　himself.

【余談】　トム・ストッパード作『ローゼンクランツとギルデンスターンは死んだ』は『ハムレット』の脇役を主人公にして成功した．1969年，劇団四季によって初演（倉橋健訳・水田晴康演出，第一生命ホール）され，その後も何度か舞台にかかっている．
【映画】　1948年，ローレンス・オリヴィエ監督・主演．
　1990年，フランコ・ゼフィレッリ監督，メル・ギブソン主演．
　1996年，ケネス・ブラナー監督・主演．4時間を超す大作．

# オセロー
## (Othello)

小田島雄志訳・栗山昌良演出 (1988年, 新橋演舞場) ちらし

〖**舞台**〗 初演は1903 (明治36) 年, 明治座「オセロ」と題したが,「名前は発音をあてた邦名, 世界は明治の現代劇」(河竹登志夫) で, オセローは室鷲郎, イアゴーは伊屋剛蔵, キャシオーは勝芳雄, デズデモーナは鞆音 (ともね) であった.

1934 (昭和9) 年, 早稲田大学の大隈講堂でデズデモーナを演じた山本安英は, オセローを演じた薄田研二が台詞の覚えが悪く,「もう首をしめられて倒れている私のところへ,「何だっけ何だっけ」とベッドのそばへやって来るので, おかしいやら困ったやらしたことを思いだします」と回想する.

1988 (昭和63) 年の新橋演舞場公演は, オセローに主に時代劇の北大路欣也, イアーゴーに歌舞伎の中村勘九郎 (のちの十八世中村勘三郎), デズデモーナに宝塚出身の遥くららという異色の組み合わせであった. 勘九郎が芸達者なところを存分に発揮した.

〖**主な登場人物**〗
**ヴェニスの公爵**　オセローをキプロスへ派遣する.
**ブラバンショー**　元老院議員, デズデモーナの父. 魔術か魔薬でオセローが娘をたぶらかしたと公爵に訴える.［139 行］
**オセロー**　ヴェニス公国に仕える高貴な家柄のムーア人将軍. 小さい頃より戦場で過ごしてきた「高潔な心の持ち主」もイアーゴーの奸計にかかり, 新妻デズデモーナを殺してしまう.［887 行］
**デズデモーナ**　ブラバンショーの娘. オセローの「軍人としての人柄に惹かれ」「心に真の姿」を見て妻となる.［388 行］
**キャシオー**　「風采もいい, 物腰もやわらかい」オセローの副官. 飲めない酒を飲まされて, 騒ぎを起こし解任され, 復職をデズデモーナに依頼する.［278 行］
**イアーゴー**　オセローの旗手.「忠実なイアーゴー」(honest Iago)と思われているが, 悪魔のような別の顔を持つ.［1,098 行］(ハムレット, リチャード三世に次ぐ台詞数)
**エミリア**　イアーゴーの妻. デズデモーナに仕える. 彼女のハンカチを拾って, 悪巧みを知らずに夫に渡す.［245 行］
**ロダリーゴー**　イアゴーにデズデモーナとの仲を取り持ってやる, と言われ金を巻き上げられる愚かな男. イアーゴーにキャシオーの暗殺を持ちかけられ, 逆に刺される.［114 行］
**ビアンカ**　娼婦, キャシオーの相手.
**モンターノー**　オセローの前任のキプロス島総督.
**グラシアーノ**　ブラバンショーの弟. 最終幕で, 兄は娘がオセローと結婚したことを悲しみ死んだ, と伝える.
**ロドヴィーコー**　ブラバンショーの親族. オセローが妻をぶつところを見て驚く. オセロー死後の処理を指示する.
**道化**　オセローの召使い.

〖**場面**〗　第 1 幕 ヴェニス, 第 2 幕〜第 5 幕 キプロス島.

〖あらすじ〗

　「ちえっ、どうなってるんだ、あんまりじゃないか」と、ロダリーゴは何も知らせないイアーゴを責める．真夜中二人はブラバンショーに、デズデモーナがオセローと密会をしていると告げる．娘がいないのを知って、ブラバンショーは家来と連れ戻しに出る．するとトルコ艦隊がキプロスを急襲するとの報告が入り、オセローもブラバンショーも元老院に呼び出される．ブラバンショーは愛娘を魔法を用いてかどわかしたとオセローを訴えるが、呼び出された娘の口からオセローを愛していると聞かされ諦める．（第1幕）

　キプロス島．トルコ艦隊は嵐で沈没してしまい、夜は祝宴となる．イアーゴは、酒に弱いキャシオーを酔わせて騒ぎを起こさせる．そのせいで副官の地位を取り上げられたキャシオーに、イアーゴはデズデモーナに復職を頼むよう勧める．（第2幕）

　デズデモーナにお願いしているところに、オセローとイアーゴが現れるのを見たキャシオーは、逃げるようにその場を去る．イアーゴはオセローに二人が密会をしていたように思わせ（「誘惑の場」(temptation scene) として有名）オセローがデズデモーナに贈ったハンカチを、キャシオーが使っているのを見たなどと言って疑惑を深めさせる．（第3幕）

　イアーゴはキャシオーに娼婦ビアンカの話をさせ、それをデズデモーナのことだとオセローに思わせる．何故夫に冷たくされるのか分からないデズデモーナは、侍女が亡くなる前に歌ったという「柳の歌」を思い出して歌う．（第4幕）

　街路でキャシオーは、イアーゴに脚を刺されるが助かる．オセローはベッドでデズデモーナを絞殺する．エミリアがオセローにハンカチのことを話すと、イアーゴは自分の妻を刺して逃げる．総てが明らかになると、オセローは「ここが私の旅路の果てだ」と言い、隠し持っていた短剣で喉笛を突き刺し、デズデモーナの上に折り重なって息絶える．イアーゴは捕えられ、キャシオーがオセローの後任に決まる．（第5幕）

〖名場面・名台詞〗
　2 幕 1 場, キプロス島で, オセローは新妻デズデモーナとの再会を喜ぶ.
　　驚きと喜びが同時にこの胸をおそってくる,
　　おまえがここで待っていようとは. ああ, この嬉しさ!
　　　It gives me wonder great as my content
　　　To see you here before me. O my soul's joy!
　3 幕 3 場, イアーゴーはオセローに嫉妬心を起こさせる.
　　お気をつけなさい, 将軍, 嫉妬というやつに.
　　こいつは緑色の目をした怪物で, 人の心を餌食とし,
　　それをもてあそぶのです.
　　　　　　　O, beware, my lord, of jealousy!
　　　It is the green-ey'd monster which doth mock
　　　The meat it feeds on.
　4 幕 3 場, デズデモーナは悲しげに「柳の歌」を歌う.
　　あわれあの娘はカエデのかげで　溜息ついて歌ってた
　　ああ　青い　青い　柳
　　胸に手を当てかしげた首を　お膝にのせて歌ってた
　　ああ　柳　柳　柳
　　　The poor soul sat sighing by a sycamore tree,
　　　　Sing all a green willow;
　　　With her hand on her bosom, her head on her knee,
　　　　Sing willow, willow, willow.

〖余談〗　『シンベリン』の妻は夫を毒殺しようとしたと告白するが, 『オセロー』は夫が妻を殺す唯一の劇.
〖映画〗　1952 年, オーソン・ウェルズ監督・主演.
　1965 年, スチュアート・バージ監督, ローレンス・オリヴィエ, マギー・スミス主演.（国立劇場の舞台をほぼそのまま映画化）
　1996 年, オリヴァー・パーカー監督, ロレンス・フイッシュバーン, ケネス・ブラナー主演.

# リア王
(King Lear)

斎藤勇訳・伊東史朗演出（1997年, 俳優座劇場）ちらし

【舞台】　初演は1902（明治35）年の翻案『闇と光』で京都南座．「時代を明治の現代とし，リア王は古谷利右衛門なる豪農」「道化を馬鹿蝶太として演じ，ゴネリル，リーガン，コーデリアの三人の娘は辰子，篠子，蘭子とされた」（大笹吉雄）

坪内逍遙訳の初演は1919（大正8）年，神戸・聚楽館．

四大悲劇の中では最も上演回数が少ないこの芝居が，1997（平成9）年から翌年にかけて少なくとも10本上演されたが，その中の一つは人形劇団ひとみ座による人形劇であった．「二人で操り，主遣いがせりふもしゃべる等身大の人形はスケールが大きく，まるで人間が演じているような迫力がある．(中略) グロスター伯の両眼をえぐる残酷な流血場面も，人形だとからっとした硬質な感じになる．音楽と効果音に録音を使わず，すべて楽器と小道具による生の音で通るのも好感が持てる」（扇田昭彦）

〘主な登場人物〙

**リア**　ブリテン王．上の二人の娘の口先だけの言葉に騙される．三女の真情が分かった時にはすでに遅い．［758行］

**ゴネリル**　リアの長女．父親を邪険に扱い，家来の数も減らさせる．エドマンドに懸想し，夫を殺すように頼み，邪魔なリーガンを毒殺する．［202行］

**リーガン**　リアの次女．グロスターの片目をつぶした夫に，もう片目もつぶすよう促す．夫に切りつけた家来を後ろから刺殺する．［190行］

**コーディーリア**　リアの三女．結婚すれば姉たちが言うように，「愛のすべて」をお父様に捧げることはできません，と正直に答え，リアを怒らせ追い出される．フランス王が妻にと申し出て嫁ぎ，帰国して父を救おうとするが…．［118行］

**オールバニ公爵**　ゴネリルの夫．エドマンドを大逆罪で逮捕しようとして一騎打ちで倒す．［161行］

**コーンウォール公爵**　リーガンの夫．グロスターの目をつぶすが，召使いに刺されて死ぬ．［108行］

**ケント伯爵**　リアの忠臣．リアを諫めて追放されるが，カイアスと名のって仕える．［369行］

**グロスター伯爵**　リアを助けて両目をくり抜かれ，ドーヴァーの海岸から飛び降りようとする．［342行］

**エドガー**　グロスターの嫡子．気違いトムに変装して，リアと父を助ける．［395行］

**エドマンド**　グロスターの私生児．父を欺いてエドガーを謀反人と思わせ，コーディーリアの殺害を命じる「ヒキガエルにも劣る」極悪人．［315行］

**道化**　リアに付き添う．3幕6場，「おれは昼になったら寝床に入るとしよう」と言って退場し，その後は登場しない．［227行］

〘場面〙　ブリテン（グロスター，ドーヴァーほか）

【あらすじ】

　年老いたリア王は三人の娘に領土を分割譲渡し、隠居することにする．「親を思う心の最も深いものに」多く与えると言われ、上の二人は言葉巧みに父親への愛情を表現する．三女のコーディーリアは、「言うことはなにも」ありませんが、結婚すれば、私の愛の半ばは夫に注がれますと正直に言う．怒ったリアは彼女を追放してしまうが、フランス王が妻にと引き取る．リアは先ずゴネリルのところへ行くが冷たくされ、怒ってリーガンのところへ向かう．(第1幕)

　ところが次女夫婦はリアになかなか会おうとはせず、リーガンは姉のところへ戻り、年寄らしく分別ある指示に従うようにと言う．やがてゴネリルもやって来て、二人の娘に憤怒を覚えながら、リアは嵐の気配の中を出ていく．(第2幕)

　嵐の中、荒野をリアは道化をつれてさまよう．そこへ忠臣ケントが姿を変えてやって来て、小屋に案内する．そこには王を助けようと「気違い乞食」トムに化けたエドガーがいた．一方、密かに王を助けたグロスターは、エドマンドの密告により、リーガンの夫に両目をつぶされ、自分の城から追い出される．(第3幕)

　追い出されたグロスターに出会ったエドガーは王をドーヴァーに連れて行く．一方コーディーリアはフランスからドーヴァーに上陸して、父を救うべく行方を探させる．見つけられた時には狂っていたがコーディーリアと再会し、リアは一時正気を取り戻す．(第4幕)

　二人の姉と戦ったコーディーリアは敗れ、リアと共に捕えられてしまう．ゴネリルはエドマンドを自分のものにしようとしてリーガンを毒殺するが、夫オールバニによって悪事が暴かれ自害する．

　騎士として現れたエドガーに一騎打ちで敗れたエドマンドは死ぬ前に二人の殺害を命じたことを明かす．助けに向かうが、時すでに遅く、死んだコーディーリアを抱いてリアが現れる．しかしそれも束の間、リア自身もこと切れるのであった．(第5幕)

〖名場面・名台詞〗
 3 幕 2 場,娘に追い出され,荒野で嵐に遭うリア王.
　風よ,吹け,きさまの頬を吹き破るまで吹きまくれ!
　雨よ,降れ,滝となり,龍巻きとなり,そびえ立つ塔も,
　風見の鶏も,溺らせるまで降りかかれ!
　　Blow, winds, and crack your cheeks! rage, blow!
　　You cataracts and hurricanoes, spout
　　Till you have drench'd our steeples, drown'd the cocks!
 同場,傷心のリア王の有名な句.
　わしは罪を犯すよりも犯された人間だ.
　　I am a man / More sinn'd against than sinning.
 5 幕 3 場,コーディーリアは父と共に捕虜になって言う.
　私たちが最初の事例ではありません,
　最善の意図をもちながら最悪の事態を招いたのは.
　　　　　　　　　　　　　　　　　We are not the first
　　Who with best meaning have incurr'd the worst.
 同場,死んだコーディーリアを抱いて,リア王は嘆く.
　犬も,馬も,ネズミも,いのちをもっておるのに,
　おまえは息を止めたのか? もうもどってこないのか,
　二度と,二度と,二度と,二度と,二度と!
　　Why should a dog, a horse, a rat, have life,
　　And thou no breath at all? Thou'lt come no more,
　　Never, never, never, never, never!

〖余談〗　リアには ①人物に対して(「どうやらお前は知った人のようだ」) ②場所に対して (「ここがどこやら全く見当が附かぬくらい」) ③時間に対して (「ゆうべもどこで夜を明かしたか憶出せない」) の「アルツハイマー病に見られる典型的な三種類の見当識の喪失」が見られ,医学的には「ごく軽度の痴呆症」(中島健二) との精神科医の診断がある.
〖映画〗　1971 年,グレゴリー・コージンツェフ監督.

# マクベス
## (Macbeth)

小田島雄志訳・増見利清演出（1976年,日生劇場）プログラム（部分）

【**舞台**】　初演は1905（明治38）年,大阪・朝日座.マクベスを幕辺寿江雄とした翻案であった.

　1913（大正2）年,帝国劇場の公演では,近代劇協会という劇団からの依頼で森鷗外が訳した.「鷗外は一応訳了してから,逍遙の校閲を乞うた.かつて明治中期に演劇に関する大論争をおこなった学界ならびに文壇劇団の両巨匠が『マクベス』の訳本のために,協力したのは,歴史的な挿話で,今もその原稿は保存されている」（戸板康二）

　1976（昭和51）年,日生劇場で平幹二朗を相手にマクベス夫人を演じたのは坂東玉三郎.宴会の場では紫色の着付けであった.「幕間にお目にかかったサイデンステッカー教授に「あの紫が,凄いですよ」と言われたが,やはり女方に紫という色は,異邦人の目にも安定した,最適なものにうつるのだろう.考えてみると,この色は,けっして尋常な色ではないのだ」（中村哲郎）

〚主な登場人物〛

**ダンカン**　スコットランド王. 武勲をたてたマクベスの城に滞在することにし, そこでこの世での最後の夜を迎える.

**マルカム**　王子. 父の死を聞きイングランドへ逃げるが, 機が熟すのを見て, マクベスを倒すべく攻め入る. ［215行］

**ドナルベイン**　ダンカンの王子. アイルランドへ逃げる.

**マクベス**　スコットランドの将軍. 魔女に「将来の国王」と予言されて, 王座に就くが, その後は転落の道をたどる. ［719行］

**マクベス夫人**　弱気な夫をけしかけてダンカン殺しに加担するが, 夢遊病にかかって死ぬ. ［265行］

**バンクォー**　スコットランドの将軍. 息子**フリーアンス**と一緒のところを襲われ, 殺される. 宴会に亡霊となって現れる. ［115行］

**マクダフ**　スコットランドの貴族. 魔女の予言通りにマクベスを討つ. ［181行］

**マクダフ夫人**　息子と一緒に刺客に殺される.

**レノックス**　スコットランドの貴族. マクベス討伐に加わる.

**ロス**　スコットランドの貴族. 良い知らせ（マクベスにコーダー領主になったこと）と悪い知らせ（マクダフに夫人たちが皆殺しにあったこと）を伝える. ［141行］

**シーワード**　イングランド軍の指揮官. 我が子のりっぱな最期を報告されて,「では神の兵士となってくれよう」と言う.

**門番**　ダンカン殺しの後, 門のノックの音を聞いて登場し, マクダフに酒は三つのことをそそのかすと話す. (唯一のコミック・リリーフ［息抜き］の場)

**ヘカティ**　「悪事いっさいつかさどる」魔女たちの主人.

**三人の魔女**　凱旋するマクベスとバンクォーを待ち受け, 予言を伝える.

〚場面〛　スコットランド（インヴァネス, フォレス, バーナムの森ほか）およびイングランド.

〘あらすじ〙
　「いいは悪いで悪いはいい」(Fair is foul, and foul is fair.) 三人の魔女たちは謎めいた言葉を発し，マクベスに会うことにする．マクベスとバンクォーが凱旋の帰路，魔女はマクベスに「コーダの領主」「やがて王となる方」，バンクォーには「王にはならないが，王の先祖になる方」と呼びかける．そこへマクベスは，コーダの領主になったとの知らせを受け，予言の一つが的中したことに驚く．城に戻ったマクベスは弱気になるが，夫人に責められ，王殺害を決心する．(第1幕)
　幻の短剣を見て，鐘の音を聞き「鐘がおれを呼んでいる」とマクベスはダンカンの部屋に向かう．ダンカン警備の者たちは薬を入れた寝酒で酔いつぶされていた．事は済ませたが後悔の念にさいなまれるマクベスは「眠りを殺した」と思い，もう眠れないと怯える．二人の王子は逃げたために，王殺害の嫌疑がかけられ，マクベスが王位に就く．(第2幕)
　バンクォーの子孫が王になる，との魔女の予言を思い出したマクベスは殺し屋を雇う．バンクォーは殺したが，息子のフリーアンスには逃げられる．宴会に現れたバンクォーの亡霊に対してのマクベスの振舞いを見て貴族たちはいぶかしく思う．マクベスはもう一度魔女に会うことにする．(第3幕)
　「気をつけるのはマクダフだ」「女が生んだものにマクベスを倒す力はない」「バーナムの森の樹がダンシネーンの丘に立つまでは，マクベスは滅びない」と言われたマクベスは安心する．マクダフの城を襲い，母子を殺害するが，マクダフはイングランドにいて王子マルカムと攻撃の策を練る．(第4幕)
　マクベス夫人は夢遊病になって，死が伝えられる．マルカムの軍はバーナムの森で木の枝を切って姿を隠しながら進軍する．バーナムの森が動き出した，と聞いたマクベスは，避けていたマクダフから「女から生まれる前に，月たらずのまま母の腹を裂いて出てきた」のだと聞いて絶望し，遂に倒される．マルカムが国王に就き，戴冠式を挙げることになる．(第5幕)

〖名場面・名台詞〗
 1 幕5場, マクベス夫人が夫からの手紙を読んで独白する.
　カラスの声までしわがれる, ダンカンが私の城へ
　運命の到来するのを告げようとして.
　さあ, 死をたくらむ思いにつきそう悪魔たち,
　この私を女でなくしておくれ, 頭のてっぺんから
　爪先まで残忍な気持でみたしておくれ!
                    The raven himself is hoarse
　　That croaks the fatal entrance of Duncan
　　Under my battlements. Come, you spirits
　　That tend on mortal thoughts, unsex me here,
　　And fill me from the crown to the toe topfull
　　Of direst cruelty!
 2 幕1場, 王暗殺の前に, マクベスは空中に短剣を見て独白する. ('Dagger speech' として有名)
　おお, 短剣ではないか, おれの目の前に見えるのは?
　柄 (つか) をおれの手に向けているな.
　　Is this a dagger which I see before me,
　　The handle toward my hand?
　おれを案内する気か, おれの行こうとするところへ,
　おれが使おうとしていた得物の姿を借りて.
　　Thou marshal'st me the way that I was going,
　　And such an instrument I was to use.

〖余談〗　たたりのある芝居とされ,「マクベス」とは言わずに「あのスコットランドの芝居」('that Scottish play') と呼ぶ人もいる. 実際, 何度も出演者や劇場関係者が原因不明の病気になったり, 死亡するなどの事例が伝わる.
〖映画〗　1948年, オーソン・ウェルズ監督・主演.
　1979年, フィリップ・カッソン監督, イアン・マッケラン, ジュディ・デンチ主演.［144頁参照］

# アントニーとクレオパトラ
## (Antony and Cleopatra)

小田島雄志訳・増見利清演出, 俳優座 (1979年, 国立劇場) プログラム

〖舞台〗　初演は 1914 (大正 3) 年, 島村抱月訳・改修・監督, 松井須磨子主演の帝国劇場.「題名が『クレオパトラ』となっているくらいだから, 原作をもっぱらクレオパトラあるいは須磨子中心に改作したものだったのだろう」(河竹登志夫)

〔須磨子は坪内逍遙の文芸協会演劇研究所出身の人気女優で, オフィーリア, マクベス夫人も演じた〕

　翻訳による初演は 1968 (昭和 43) 年, 福田恆存訳・荒川哲生演出, 劇団雲の日生劇場 (アントニー・神山繁, クレオパトラ・岸田今日子), その後は 1979 (昭和 54) 年の俳優座 (アントニー・中谷一郎, クレオパトラ・栗原小巻), 1911 (平成 23) 年の彩の国シェイクスピア・シリーズ第 24 弾 (アントニー・吉田鋼太郎, クレオパトラ・安蘭けい) などの公演がある. 上演回数は少ないが, クレオパトラは有名女優によって演じられてきた.

## 【主な登場人物】

**マーク・アントニー**　ローマの執政官．クレオパトラへの愛欲に溺れる．シーザーとの戦いに敗れ，クレオパトラが他界したと聞いて自害する．[851行]

**オクテイヴィアス・シーザー**　ローマの執政官．アクティウムの海戦でアントニーを破り，クレオパトラをローマに連れて凱旋しようとする．[421行]

**オクテイヴィア**　シーザーの姉．「美徳そのもの」の女性で，政略結婚でアントニーの妻となる．

**イーミリアス・レピダス**　ローマの三執政官の一人．大権を乱用して，シーザーに三頭政治からおろされる．

**イノバーバス**　アントニーの部下．クレオパトラの美しさを語る．(96頁参照) 裏切ったアントニーから遺留品を届けられ，自責の念にかられる．[355行]

**イアロス**　アントニーの従者．剣で刺すように言われて，主人を殺すよりましと，自害する．

**アグリッパ**　ローマの将軍，シーザーの味方．

**セクスタス・ポンピーアス（ポンピー）**　ローマと戦い，和議を結び，自分のガレー船上で酒宴を開く．その後再びシーザーに攻められ，死が伝えられる．[140行]

**クレオパトラ**　エジプトの女王．(開幕時29歳) アントニーの心を掴み，オクテイヴィアと再婚した後も引きつける．だが戦いに敗れ，シーザーの凱旋の見世物になるのをいさぎよしとせず，自害する．[686行]（女性ではロザリンドに続く台詞数）

**チャーミアン**[106行] **とアイアラス**　クレオパトラの侍女．

**道化**　クレオパトラに「ナイル河のかわいい蛇」を届ける．

【場面】　エジプト，ローマ帝国の数か所．
【時】　紀元前40〜30年．

## 〘あらすじ〙

「いや，われらが将軍の惚れこみようときたらまったく度がすぎている」とクレオパトラへの愛に溺れているアントニーを部下の一人は心配する．クレオパトラの宮殿に居続けるアントニーはローマから帰国を促されるが渋り，妻が死去し，ポンピーが兵を挙げたとの報告が入りようやくローマに戻ることにする．（第1幕）

レピダス邸でシーザーはアントニーのこれまでの行状をなじる．二人の間に亀裂が生じないようにと，アグリッパはシーザーの姉とアントニーの結婚話を持ち出し実現する．シーザーとポンピーは和平条約に調印し，ガレー船で酒宴となる．部下が暗殺をほのめかすが，ポンピーは許さない．（第2幕）

エジプトではクレオパトラが，アントニーの再婚を知り逆上するが，オクテイヴィアの年齢，容姿などを聞きだして安堵する．シーザーはポンピーに新たな戦いを挑み，大権を乱用したレピダスを投獄する．姉に対するアントニーの粗末な扱いに腹を立て，オクテイヴィアは仲裁するが，シーザーは兵を進める．アントニーはクレオパトラと組んで海上での決戦に臨むが，クレオパトラは逃亡し敗北を喫する．シーザーはクレオパトラにアントニーの引き渡しを求める．（第3幕）

アントニーはシーザーに一騎打ちを挑むが，シーザーは応じない．再び決戦となるが，またしてもクレオパトラに裏切られ，アントニーの船隊は敗走する．アントニーの怒りを避けようと，クレオパトラは廟で自害したと嘘の報告をさせる．それを聞いたアントニーは後を追おうとするが死にきれず，クレオパトラのいる廟に運ばれ，彼女を許して息絶える．（第4幕）

アントニーの死を聞いて，アグリッパは「まれに見る人類の指導者だった」と悼む．シーザーの凱旋の見世物になるのを潔しとしないクレオパトラは女王の正装をまとい，王冠を戴き，毒蛇に胸を噛ませて果てる．シーザーは二人の「大葬儀には最高の礼」をつくすことにする．（第5幕）

〖名場面・名台詞〗
　2幕2場,「あの女の座した舟は」(The barge she sat in) 以下15行はクレオパトラの絶世の美を描写する有名な箇所.
　　あの女その人はと言えば, いかなる美辞麗句もたちまち枯渇するほどのものであった, 金糸と絹を織りなした天蓋（てんがい）のなかに身を横たえたその姿は, 想像が自然を越えることを示す画中のヴィーナスをはるかに越える美しさであった.　　　　　　　　　　For her own person,
　　It beggar'd all description: she did lie
　　In her pavilion—— cloth of gold, of tissue——
　　O'er-picturing that Venus where we see
　　The fancy outwork nature.
　5幕2場, クレオパトラはアントニーを悼んで言う.
　　あの人の両脚は大海原にまたがり, 高くかかげたその腕は世界の頂（いただき）を飾る虹だった. あの人の声は
　　天上の音楽のように豊かに調和がとれていた.
　　His legs bestrid the ocean, his rear'd arm
　　Crested the world, his voice was propertied
　　As all the tuned spheres.
　同場, クレオパトラは毒蛇に胸を噛ませて言う.
　　これが見えないの, 赤子が私の胸で乳を吸い,
　　乳母を寝かしつけているのが?
　　Dost thou not see my baby at my breast,
　　That sucks the nurse asleep?
　　麻薬のように甘く, 空気のようにそっと, やさしく——
　　As sweet as balm, as soft as air, as gentle——

〖余談〗　最も多い場 (scene) を持つ芝居で42場あり（最少は『夏の夜の夢』,『テンペスト』ほかの9場）めまぐるしく場面が転換する. 最も短い場（3幕9場）はわずかに4行!
〖映画〗　1971年, チャールトン・ヘストン監督・主演.

# コリオレイナス
## (Coriolanus)

松岡和子訳・蜷川幸雄演出（2007年, 彩の国さいたま芸術劇場：大ホール）ちらし

〖舞台〗　初演は1926（大正15）年, 坪内逍遙訳の帝国劇場.

　1971（昭和46）年, 劇団雲の日生劇場公演の一シーン（4幕5場）についての劇評に,「「…そして平和は人間同士を憎み合うようにする」としゃべりあう有名な場面がある. これは, 召使たちの思いつきの駄弁ではなく, 民衆感情の一面をさらけ出すシェイクスピアの常套手段の一つであり, それだけの意味をこめてほしかった」（小田島雄志）とあり, 別の公演でも, 別の評論家の同じような批評があったが, シェイクスピアは何でもないようなシーンにも意味を込めているのである.

　2007（平成19）年, 蜷川幸雄演出の舞台は, 寺社のような大きな石段とその下で展開し,「階段上での人の位置は, その時々の人々の力関係を明解に見せる」（山口宏子）. 同年, ロンドンの「国際演劇祭」に招かれ, バービカン劇場でも上演された.

〘主な登場人物〙

**ケイアス・マーシャス**　後にケイアス・マーシャス・コリオレイナス. 個人の名誉を重んじる直情型の武人で, 軽薄な平民を忌み嫌うが, 母親には頭が上がらない. 息子**小マーシャス**がいる.［897行］

**ヴォラムニア**　コリオレイナスの母. 息子の武勇を何よりも誇りにする. 護民官に選ばれるために膝を曲げる必要性を説き, 追放された後ローマに攻め入った時には, 説得して進攻を思いとどまらせる.［314行 / 妻はわずか35行］

**ヴァージリア**　コリオレイナスの妻. 夫に「沈黙の天使」と言われる控えめな女性.

**ヴァレーリア**　ヴァージリアの友人. コリオレイナスは「ローマの名月」と評する.

**メニーニアス・アグリッパ**　コリオレイナスの友人. 元老院と民衆を胃袋と反乱を起こした諸器官に譬えて, 暴動を起こした市民たちを説得する.［589行］

**シシニアス・ヴェリュータス**と**ジューニアス・ブルータス**　護民官. コリオレイナスの追い落としを図り, 追放することに成功する.［312/254行］

**タイタス・ラーシャス**　ヴォルサイ人征討の将軍.

**コミニアス**　ヴォルサイ人征討の将軍. マーシャスの功績を讃え, コリオレイナスの称号を与える.［286行］

**タラス・オーフィディアス**　ヴォルサイの将軍. コリオレイナスに敗れ復讐を誓うが, 追放されてやって来た彼を受け入れる. しかし母親に説得されてローマ攻略ができなかったコリオレイナスを許さなかった.［275行］

**エイドリアン**　ローマの内情を探るヴォルサイ人.

〘場面〙　イタリア (ローマとその近郊, コリオリ［コリオライ］とその近郊, およびアンシャム)

〘時〙　紀元前490年.

【あらすじ】

　「最後の行動に出る前に，おれの話を聞いてくれ」と市民の一人は，食料を求めて暴動を起こした群衆に向かって言う．そして「飢え死によりは戦って死ぬことを選ぶ」と．メニーニアスは市民たちを胃袋に対して反乱を起こした体中の器官に譬える．そこへオーフィディアス率いるヴォルサイ人が兵を挙げたと聞いて，マーシャスは勇躍して戦場へ赴く．マーシャスの武勲によりコリオリは陥落し，コリオレイナスの称号が贈られる．敗れたオーフィディアスは復讐を誓う．（第1幕）

　貴族たちはコリオレイナスを執政官にしようとする．推挙されるには，市民の前でボロ服を着て，古傷を見せて手柄を話すのが古来の習慣であった．民衆を軽蔑する彼にそんなことは無理であったが，メニーニアスに説得され，なんとかやり抜いて執政官になる．すると彼を憎む護民官は民衆を扇動して追放しようと画策する．（第2幕）

　コリオレイナスは再びオーフィディアスが兵を挙げたのを知る．しかし彼を挑発し自滅させようとする護民官の罠にはまったコリオレイナスは「民衆の裏切り者」というレッテルを貼られて，ローマから追放されてしまう．（第3幕）

　城門で家族と別れたコリオレイナスはオーフィディアスのところへ行き，一緒に忘恩のローマを攻めることにする．コリオレイナスの加わったヴォルサイの大軍があちこちで勝利を重ねていることを知ったローマは狼狽する．（第4幕）

　メニーニアスは和平交渉のためコリオレイナスに会いに行くが，らちがあかない．そこへ現れたのは母と妻と子であった．「私の怒りと復讐の炎」は誰にも消せないと言ったコリオレイナスではあったが，母親の懇願に折れ，ローマと和平条約を結ぶことに同意する．ところがヴォルサイに戻ると裏切り者と呼ばれて殺されてしまう．オーフィディアスは，怒りを鎮め，「彼の高潔な生涯は人々の心に長くとどめねばならぬ」と言うのであった．（第5幕）

【名場面・名台詞】
 2幕2場, コリオレイナスが言ったことを, コミニアスはメニーニアスたちに伝える.

　　自分の行為にたいする報酬はすなわちそれをおこなうことにあるとし, 人生をあるがまま生きればそれで満足だ, と言うのだ.

　　　　　　　　　　　　　　　He ... rewards
　　His deeds with doing them, and is content
　　To spend the time to end it.

 4幕4場, コリオレイナスはかつての敵と組んで言う.

　　仇敵同士がおたがいに相手のいのちを奪おうと,
　　夜も眠らず精魂傾けて策を練っていたのに,
　　ふとした卵一つの値うちもないきっかけで無二の
　　親友となり, その後の運命をともにすることもある.

　　　　　　　　　　　　Fellest foes,
　　Whose passions and whose plots have broke their
　　　sleep
　　To take the one the other, by some chance,
　　Some trick not worth an egg, shall grow dear friends
　　And interjoin their issues.

 5幕3場, ローマに侵攻してきたコリオレイナスを待ち受けていたのは家族であった. 母ヴォラムニアは子に会わせて情に訴える.

　　そしてここにいる子はかつてのおまえの絵姿,
　　やがて時がきて大きくなれば,
　　いまのおまえそっくりになるでしょう.

　　This is a poor epitome of yours,
　　Which by th' interpretation of full time
　　May show like all yourself.

【余談】　「コリオレイナス」はコリオリ［コリオライ］征討の働きに対して与えられた呼び名で,「コリオリの勝者」の意.

# アテネのタイモン
## (Timon of Athens)

小田島雄志訳・出口典雄演出（1996年，グローブ座）ちらし
(提供＝シェイクスピア・シアター)

〖舞台〗 初演は1909（明治42）年，三崎座における『響』で，「翻案というよりも，新派悲劇として翻作したものだというを適當とする」（河竹繁俊）昭和女子大学の「英米劇上演年譜」によれば，以後1914（大正3）年までに13度上演され，『ヴェニスの商人』の10回を上回る人気芝居であった．

翻訳による初演は1980（昭和55）年，シェイクスピア・シアターのジャン・ジャン．

1996（平成8）年の再演の評に，「衣装は背広をはじめとする現代服．宴会の場では男たちは和風の膳（ぜん）を前に正座する．この劇を日本の社会状況に近づける演出が効果的だ」（扇田昭彦）とある．この舞台でタイモンから借金の依頼を受けた者が，他の者に連絡するのに携帯電話を用いた．携帯電話が舞台で使われた最初か，最も初期の使用に入るものと思われる．

【主な登場人物】

**タイモン**　アテネの貴族．大富豪で，気前よく贈り物をし，豪華な宴会を続ける．ついに破産して，今まで友情で結ばれていたと思っていた者たちに悉く援助を断られ，人間嫌いになり，アテネを去って森の中で暮らす．［865 行］

**フレイヴィアス**　タイモンの「忠実で，正直で，やさしい心をもった執事」［207 行］

〈タイモンにへつらう貴族たち〉

　**ルーシアス，ルーカラス，センプローニアス**

**ヴェンティディアス**　タイモンの不実な友の一人．

**アペマンタス**　無作法な哲学者．タイモンの愚かさを容赦なく指摘する．零落して森にいるタイモンに会いに行く．［243 行］

**アルシバイアディーズ**　アテネの武将．死刑の宣告を受けた友人の助命を願い出るが聞き入れられず，傲慢だとしてアテネを追われる．ローマに攻め入る途中，森でタイモンに会う．［163 行］

**元老院議員たち**
**詩人**［111 行］
**画家**
**宝石商**
**商人**
**道化**
**山賊たち**

タイモン像［ロンドン市長公邸 (Mansion House) 二階エジプトの間，壁龕 (niche)］

【場面】　ギリシア（アテネ，およびその近くの森）

〘あらすじ〙

　タイモン邸では招待された客たちが集まっている．詩人・画家たちが作品を献じると気前よく返礼し，困っていると言う者には寛大な援助をする．執事はタイモンの行く末を案じ，アペマンタスは気前がよすぎるし，虚礼虚飾が何の役に立つのだと言うがタイモンは耳を貸さない．(第1幕)

　債権者たちの召使いたちがやって来て返済を要求する．財産がないことを知ったタイモンは執事を責めるが，彼は何度も計算書を見せて，「もの惜しみせぬお手を控えてくださいとお願いしました」と応える．するとタイモンは「私には友人という財産がある」と言って，召使いたちを借金の使いに出す．(第2幕)

　ルーカラスは邸にやって来たタイモンの召使いに駄賃をやって追い返そうとする．召使いは怒ってその金を彼に投げつける．恩に報いようとする者は誰もいない．

　アルシバイアディーズは友人の赦免を願うが，「大罪を無罪にはできぬ」と拒否され，元老院を怒らせて，追放されてしまう．

　タイモンは再び貴族たちを招く．料理には布がかぶせてあり，取ると料理と思ったのはぬるま湯と石であった．タイモンは憎悪を一気に爆発させて湯を浴びせ，石を投げつける．(第3幕)

　タイモンはアテネを呪い，森へ行き洞窟で暮らす．土を掘ると金貨が出てくる．そこへアテネを攻めようと通りかかったアルシバイアディーズが現れ，「ひどい不幸に会って正気を失っている」タイモンに会う．後でやって来たフレイヴィアスに，タイモンはただ一人正直だったと金貨を与える．(第4幕)

　タイモンが金貨を持っているという噂を聞いて，画家・詩人が，また議員たちはアルシバイアディーズからアテネを守ってくれるよう依頼にやって来るが，タイモンは追い返す．アルシバイアディーズは元老院議員の願いを容れて，タイモンと自分の敵を糾明し，処刑することでアテネを攻めるのを思いとどまる．兵士がタイモンは亡くなり墓石の墓碑銘を伝える．アルシバイアディーズはタイモンを追悼し，平和を築くことを誓う．(第5幕)

〖名場面・名台詞〗
 1幕2場, タイモンは招待客に長い台詞の中でこう言う.
   われわれは慈善をなすべくこの世に生まれてきた,
   友人の財産こそおたがいに自分のものと呼ぶのに
   もっともふさわしいものだ.
     We are born to do benefits; and what better or
     properer can we can our own than the riches of
     our friends?
 同場, アペマンタスは, 利用できなくなったら相手にしなくなるのが世の常, とタイモンに警告する.
     沈む太陽にはドアを閉めるのが世の習いだ.
       Men shut their doors against a setting sun.
 3幕1場, タイモンの召使いの一人は, 誰も助けてくれないのを嘆く.
     友情とはこんなはかない, 血のかよわぬものなのか,
     二晩とたたぬうちに冷えきってしまうとは?
       Has friendship such a faint and milky heart,
       It turns in less than two nights?
 4幕3場, タイモンは山賊に向かって言う.
     気まえのいい主婦である大自然は, 草木のしげるところ
     必ずごちそうを用意してくれている.
       The bounteous housewife Nature on each bush
       Lays her full mess before you.
     医者を信用してはならぬぞ, やつの解毒剤は毒だ,
     おまえたちが盗む以上に殺しておる.
       Trust not the physician, / His antidotes are poison,
       and he slays / Moe than you rob.

〖余談〗　この芝居に登場する女性はわずかにアルシバイアディーズの情婦二人で4幕3場に出るが, 台詞は二人合わせてもわずか10行である.

## 築地小劇場初のシェイクスピア劇

1925（大正14）年，日本で最初の新劇専用劇場である築地小劇場［設立は1924（大正13）年］で坪内逍遙訳，小山内薫・土方与志演出による『ヂュリヤス・シイザア』が上演された．この舞台について，横倉辰次は次のように書いている．

> 「舞台稽古も完徹夜，否，それ以上で，終わったのは元旦の昼頃であった．十日間も入浴をせず，髭も剃らず，毎晩，数時間のゴロ寝のあとの徹夜だ．性も根も尽き果てて舞台から客席への三段の階段を降りるのがフラフラするほどであった．誰もが若くて元気だからやれたのだ．元旦でも屠蘇や雑煮どころではない．衣装部屋の片隅での仮眠の後，初日の開演だ．初日から客足はよかった」

そして，演劇評論家の大笹吉雄はこう記録する．

> 「こうして幕をあけた築地初のシェイクスピア劇は上演時間が7時間という長丁場で終演は夜の十二時におよんだ．負けいくさになったブルータスの独白シーンでは，築地小劇場自慢のホリゾントの小さな穴をあけてそこに無数の星を輝かせたが，劇場の厳しい寒さ——築地小劇場は夏は暑く冬は寒いというので有名でもあった——が 予想外の効果をあげて，この星空の露営の場面はことに印象深かったという」

新劇の黎明期——興味ある一コマである．

この築地小劇場では『ベニスの商人』（1926年），『マクベス』（1927年），『ハムレット』（1933年），『ウィンゾアの陽気な女房たち』（1937年）なども上演された．

▶築地小劇場跡の記念碑
（中央区築地2丁目）

## 東京グローブ座とシェイクスピア

1988 (昭和63) 年4月, 東京グローブ座が開場した. (画像: 開場ちらし)「JR 山手線新大久保駅近くにできた東京グローブ座は (中略) シェイクスピアの時代のロンドンのグローブ座を復元したものである. 外観は薄いピンクでほぼ円形 (二四角形) をなし, 大仏の掌に乗せられたハスのつぼみのように小ぶりで美しい. 内装はグレーで, 舞台が客席に向かって大きく四角く, 円の中心まで張り

だし, 一階はそれを三方から, 二, 三階は馬蹄形に取り巻いて見る. 額縁舞台の劇場とは構造をまったく異にしている」(天野道映) 1997 (平成9) 年にロンドンのテムズ南岸に開場したシェイクスピア・グローブ座は, 屋根はなく舞台の前は立ち見で, 大きな違いはこの二つ.

柿落しはロイヤル・シェイクスピア劇団の薔薇戦争7部作で, その後イギリスのみならず, ユーゴ, ルーマニア, チェコなどからの珍しい舞台, また『ヴェニスの商人』とマーローの『マルタ島のユダヤ人』,『ジュリアス・シーザー』とバーナード・ショーの『シーザーとクレオパトラ』を並行して上演するなど, この劇場ならではの企画もあり, 日本の演劇史に果たした役割は計り知れない.「だが, 長年の累積赤字が経営を圧迫した. シェイクスピア全37作品で上演されなかったのは1作だけ. それが「終わりよければすべてよし」というのは皮肉だ」(今村修)

休館の後に再開場はしたが, 現在シェイクスピア劇は上演されていない. 何と勿体ない話であることか.

# ジョン王
## (King John)

小田島雄志訳・出口典雄演出（2000年，ニュープレイス）
ちらし（提供＝シェイクスピア・シアター）

【舞台】　初演は1980（昭和55）年，小田島雄志訳・出口典雄演出，シェイクスピア・シアターのジァン・ジァン．1993（平成5）年にグローブ座，2000（平成12）年にニュープレイスで再演された．［ニュープレイスは高円寺にあるこの劇団の専用劇場．その座席にはシェイクスピア劇の登場人物の名がつけられていて，ジョン王は68番．ちなみにイギリスでニュープレイスと言えばシェイクスピアの故郷ストラットフォードにある劇場で，今はコートヤード劇場と名が変わった］

　1990（平成2）年，荒井良雄の「朗読シェイクスピア全集」の『ジョン王』の朗読は，岩波シネサロンで開催された．2時間38分，これを聞いた一人は「今さらのように感心したのは，様々に声を使いわけ，登場人物に個性を与えている朗読者の表現の幅の広さである」（広川治）と記す．無論，この評は他の作品の朗読にも当てはまる．（139頁参照）

〚主な登場人物〛

**ジョン王**（1167?-1216; 在位 1199-1216） 兄の長子アーサーの王位継承を巡ってフランス王と，カンタベリー大司教の就任を巡って法王と対立する．[441行]

**ヘンリー** 王子．父の死を聞いて遺言通りの埋葬と決める．

**皇太后エリナー** ジョンの母．王を擁護する．

**コンスタンス** ジョン王の兄の未亡人．息子アーサーを王にすべく，フランス王に援助を求める．我が子の死を聞いて狂乱し，第4幕で亡くなったことが伝えられる．[264行]

**アーサー** 王の甥．「ぼくのためにこんな騒ぎを起こしてほしくない」と言うけなげな少年．[120行]

**フォークンブリッジ夫人** 故サー・ロバートの未亡人．

**ロバート・フォークンブリッジ** 夫人の息子．

**フィリップ** ロバートの異父兄．獅子心王リチャードとフォークンブリッジ夫人との私生児．ジョン王の片腕となり，イングランドを支える．[523行]

**ヒューバート** アーサーの目を鉄串でつぶそうとする．[205行]

**ペンブルック伯** アーサーを殺させたと抗議し，王のもとを去ってフランスへ行くが後に戻る．[158行]

**フィリップ** フランス王．アーサーをイングランド王に就ける，とコンスタンスに誓う．[193行]

**ルイ** フランス皇太子．ブランシュと結婚する．[154行]

**ブランシュ** ジョン王の姪．英仏が争い，心を引き裂かれる．

**シャティヨン** フランス王からイギリス王に派遣される大使．

**枢機卿パンダルフ** ローマ法王の大使．ジョン王を破門し，フランスにイングランドを攻めさせる．[164行]

**ピーター** ポンフレットの予言者．

〚場面〛 イングランド（ロンドン，セント・エドマンズベリー，スインステッド）およびフランス．

〚時〛　1199〜1216年．

〖あらすじ〗
　「さて，シャティヨン，フランス王の私にたいする要求とは?」と王に訊ねられたフランス大使は，王位継承で優位にあるジョン王の兄の子アーサーに王位を譲るよう伝える．
　ロバート・フォークンブリッジと異父兄の私生児が登場し，王に遺産の裁定を求める．私生児は遺産をロバートに譲り，サー・リチャードの称号を受け，フランス遠征に加わる．(第1幕)
　フランス，アンジュ市の前でジョン王はフランス王と王位を巡って言い争う．我が子アーサーに継承権があると，コンスタンスはジョン王を激しく責める．アンジュ市民はジョン王の姪スペインのブランシュとフランス皇太子ルイとの縁談による英仏の和睦を提案する．ジョン王は承諾し，領土と高額な持参金を贈ると言われたフランス王も同意する．これを聞いたコンスタンスは，誓いを破ったフランス王をなじる．(第2幕)
　婚礼の日を「聖なる祝日」にすると言うフランス王をコンスタンスは呪う．パンダルフが登場して，ジョン王に法王が選出したカンタベリー大司教の就任を認めるように迫るが，ジョン王は拒否する．パンダルフに「わが教会の戦士」となるか「母なる教会の呪い」を受けるか，と迫られたフランス王はジョン王に宣戦を布告する．(第3幕)
　王の命でヒューバートは捕えたアーサーの目を焼けた鉄串でつぶそうとするが，アーサーの嘆願に心を動かされ思いとどまる．アーサーが殺害されたと聞いた諸侯たちは，王に見切りをつけて立ち去る．ヒューバートは実はアーサーは生きている，と王に告げる．しかしアーサーは逃げようとして城壁から飛び降りて死んでしまうのであった．(第4幕)
　ジョン王は改悛し，パンダルフに調停を依頼するが，フランスは拒否，戦いとなる．患っていた王は僧院で毒殺されたらしいことが報告され，王子は遺言通りにウスターに埋葬することにする．私生児フィリップは戴冠する王子に忠誠を誓い，イングランドは外敵を恐れることは決してないと述べる．(第5幕)

〘名場面・名台詞〙
　2 幕 1 場, 私生児フィリップの,
　　狂気の世界だ! 狂気の王たちだ! 狂気の和解だ!
　　　　Mad world! mad kings! mad composition!
に始まる長い独白と, 5 幕 7 場, 最後の台詞は有名.
　　わがイングランドは, 最初にみずからの手でみずからを
　　傷つけぬかぎり, 傲慢な征服者の足もとにひれ伏すこと
　　などかつてなかったし, これからも断じてないでしょう.
　　　This England never did, nor never shall,
　　　Lie at the proud foot of a conqueror,
　　　But when it first did help to wound itself.
　3 幕 4 場, コンスタンスは, 最愛のアーサーが王の捕虜となったことを知って, 悲痛な叫び声をあげる.
　　ああ, 神様! 私の息子, 私のアーサー, 私のいとし子!
　　私のいのち, 私の喜び, 私の糧 (かて), 私の全世界!
　　夫を亡くした私の慰め, 私の悲しみを癒 (いや) すもの!
　　　O Lord! my boy, my Arthur, my fair son!
　　　My life, my joy, my food, my all the world!
　　　My widow-comfort, and my sorrows' cure!
　4 幕 1 場, 焼けた鉄串を目に当てようとするヒューバートに, アーサーが訴えるシーンは涙を誘わずにはおかない.
　　おまえには人の心がないの? こないだおまえが
　　頭痛に襲われたとき, ぼくはハンカチでおまえの
　　頭をしばってやったろう.
　　　Have you the heart? When your head did but ache,
　　　I knit my handercher about your brows.

〘余談〙　「失地王」ジョンと言えば, すぐに 1215 年の「大憲章」が連想されるが, シェイクスピアは一言も触れていない.
〘映画〙　世界初のシェイクスピア映画は 1899 年制作のサイレント映画『ジョン王』で, 時間は約 4 分であった.

# リチャード二世
## (Richard II)

小田島雄志訳・山崎清介演出（2001年, グローブ座）ちらし

〖舞台〗　初演は1979（昭和54）年, 小田島雄志訳・出口典雄演出, シェイクスピア・シアターのジャン・ジャン.

　2002（平成14）年, クラウス・パイマン演出（シアターコクーン）の第4幕で王がロンドン塔へ連行される場は「圧巻. 両わきの白い壁に泥つぶてがぶつけられ, 空き缶が投げこまれる. 舞台上にまかれた水に足をとられ, よろめき, うずくまる王冠なき王の哀れな姿が描かれる. 権力交代の瞬間である. 民衆は前王を呪詛し, 新王を熱烈歓迎する. 歴史の中の見慣れた光景だ」(田之倉稔)

　2001（平成13）年, グローブ座での公演は「子供のためのシェイクスピア・シリーズ」と銘うつ「1995年から始まったシリーズで簡素な舞台装置に少ない出演者ながら, 人形や黒子の人々が登場し, クラップ（手拍子）が効果的に使われるなど, 遊び心いっぱいの舞台」（高）であった.

〖主な登場人物〗

**リチャード二世**（1367-1400; 在位 1377-99）　叔父のゴーント逝去の後, 財産を没収するが, 追放した子のボリングブルックに王位を譲ることになる. [758行]

**王妃**　庭師の話から, 王が「木の葉の散る秋」に会っているのを知る. [115行]

**ジョン・オヴ・ゴーント**　王の叔父. 追放された子と別れ, 死の床で王を諫める. [191行]

**ヘンリー・ボリングブルック**　ゴーントの息子. モーブレーを大逆罪で訴え, 一緒に追放されるが, 子としての権利を求めて帰国する. 後のヘンリー四世. [413行]

**エドマンド・オヴ・ラングリー**　ヨーク公. 王の叔父. 王の遠征の間, 摂政となる. [290行 / 妻は94行]

**ヨーク公爵夫人**　息子の助命の為, 王のもとに駆けつける.

**オーマール公**　ヨーク公の息子. 謀反に加担するが, 母のとりなしで許される.

**グロスター公爵夫人**　夫を王に殺された未亡人. ゴーントに訴えるが, 聞き入れられずに一人淋しく死んでいく.

**トマス・モーブレー**　ノーフォーク公. ボリングブルックと追放され, 4幕でヴェニスでの死が伝えられる. [135行]

**ノーサンバランド伯**　帰国したボリングブルックを迎え, 一族揃って味方する. [142行]

**ヘンリー・パーシー**　ノーサンバランドの息子.「ホットスパー」(熱い拍車)の仇名を持つ.

**カーライル司教**　王を擁護し, 毅然としてボリングブルックを謀反人と呼ぶ.

**庭師たち**　政治を庭師の手入れに譬える.

〖場面〗　イングランド（ロンドン, ウィンザー, コヴェントリー, ブリストル, ポンフレット）, ウェールズ（フリントほか）
〖時〗　　1398〜1400年.

【あらすじ】
　ウィンザーの王宮，ボリングブルックとモーブレーは互いを大逆罪で告訴する．王は仲裁するが二人は聞き入れず，決闘による決着を命じるが，直前に中止させる．そしてモーブレーを永久追放，ボリングブルックを6年の追放に処す．ジョン・オヴ・ゴーントは我が子との別れを惜しむが，そのあとで発病して重体に陥る．（第1幕）

　ゴーントは見舞いに来た王を諌めるが，王は聞き入れない．彼の死後，王はアイルランド征討のために財産をすべて没収する．ヨーク公が跡継ぎのボリングブルックの地位・権利も剥奪するのか，と疑問を呈するのも聞き入れない．

　王妃のもとに，ボリングブルックが自分の権利を求めて，大艦船を率いてまもなく上陸する旨の知らせが入る．上陸したボリングブルックをノーサンバランドらが出迎える．（第2幕）

　ボリングブルックはブリストルで，「国を食い荒らす毛虫」**ブッシー**と**グリーン**を，王を邪道に導いたとして処刑する．アイルランドから戻った王はウェールズの海岸に上陸するが，状況から敗北を覚悟する．フリント城へ行き，「不幸の奴隷となった王は，王者らしく不幸に服従しよう」と王冠を譲る決意をする．王妃は庭師たちの話から，王の運命を知り，ロンドンへ会いに行くことにする．（第3幕）

　ウェストミンスターで王はボリングブルックに王冠を譲り渡す．王は鏡を持ってこさせ，そこに映る顔を見て嘆き，鏡を床にたたきつけて言う，「私の悲しみが私の顔を砕くのは一瞬のうちということだ」（第4幕）

　王妃はロンドン塔へ連行される王を街路で待ち受け，悲しい別れを交わす．ヨーク公は我が子オーマールが謀反の一味なのを知り，ボリングブルックに知らせようとするが，夫人が先に行って許しを乞う．ポンフレット城に移された王は訪ねてきた**馬丁**が帰った後で殺される．ボリングブルックは王の葬儀を終えた後，聖地へ遠征することにする．（第5幕）

【名場面・名台詞】
　最も詩的な台詞の多い歴史劇で聞きどころは随所にある.
　2幕1場, ジョン・オヴ・ゴーントはイングランドを讃えた有名な台詞を吐く. その冒頭,
　　この歴代の王の玉座, この王権に統（す）べられた島,
　　この尊厳にみちた王土, この軍神マルスの領土,
　　この第二のエデン, 地上におけるパラダイス.

　　This royal throne of kings, this sceptered isle,
　　This earth of majesty, this seat of Mars,
　　This other Eden, demi-paradise.
　4幕1場, リチャード王は退位を決意して言う.
　　私の頭から, この重い冠をとってさしあげよう,
　　私の手から, この厄介な笏（しゃく）をとってさしあげよう,
　　私の心から, 王権の誇りをとってさしあげよう.

　　I give this heavy weight from off my head,
　　And this unwieldy sceptre from my hand,
　　The pride of kingly sway from out my heart.
　　ああ, この身が雪だるまの王であればよかった,
　　であれば, ボリングブルックという太陽に照らされ,
　　溶けて流れて水しずくと消えることもできたろうに!

　　O that I were a mockery king of snow,
　　Standing before the sun of Bolingbrook,
　　To melt myself away in water-drops!

【余談】　リチャード二世は, エドワード三世の長男, 黒太子(Black Prince)の異名を持つ英雄の子で, 父が早世したために, 10歳で王位を継いだ. シェイクスピア劇に黒太子は登場しないが, 『ヘンリー五世』2幕4場で言及されている.
　シェイクスピアはリチャード二世に始まり, ヘンリー四世, ヘンリー五世, ヘンリー六世, リチャード三世と5代に渡るイギリス王を連続して描く. ［年号では1398年から1485年］

# ヘンリー四世　第一部・第二部
## (Henry IV, parts 1 & 2)

松岡和子訳・蜷川幸雄演出『ヘンリー四世』(2013年, 彩の国さいたま芸術劇場：大ホール) ちらし

【舞台】　初演は1931 (昭和6) 年, 坪内逍遙訳・加藤長治演出の飛行館講堂.

　1967 (昭和42) 年, 福田恆存は自身の訳で, 第一部に「騎士フォールスタッフの滑稽譚」と副題をつけて日生劇場で演出した.

　2013 (平成25) 年, 蜷川幸雄は第一部・第二部をまとめて (構成は河合祥一郎) 一挙上演した. 彩の国シェイクスピア・シリーズ第27弾で, フォールスタッフはシェイクスピア劇の数々の役を演じてきた吉田鋼太郎, 王子は蜷川作品初出演となる松坂桃李であった.「蜷川演出は世話物の部分は書割風の背景の前で横に展開する芝居, 時代物の部分は舞台奥から前方に至る縦の芝居で見せるという工夫で, スピーディに物語を展開し猥雑でエネルギッシュな舞台を作り出した」(水落潔)

## 〘主な登場人物〙（第一部）

〈王と王側〉

**ヘンリー四世**（1367-1413; 在位 1399-1413）　パーシー一族の反乱に頭を悩ませ, 王子の行く末を案じる. [341 行]

**皇太子ヘンリー（ハル王子）**　フォールスタッフたちと放蕩生活を過ごす. [551 行]

**ウェスモランド伯**　王に忠実に仕える貴族.

〈反乱軍側〉

**トマス・パーシー**　ウスター伯. ホットスパーの叔父.「忘恩」の王に対する反乱を指揮するが, 捕えられ処刑される. [189 行]

**ヘンリー・パーシー**　ノーサンバランド伯.

**ヘンリー・パーシー**　その息子.「ホットスパー」(熱い拍車) の異名を取る. [562 行]

**パーシー夫人**　ホットスパーの妻, モーティマーの姉.

**エドマンド・モーティマー**　先王より王位継承者とされ, 獄中で甥のプランタジネット (後の白薔薇派ヨーク公) に正当な王位継承について話す.

**モーティマー夫人**　グレンダワーの娘. 英語を話せず, 夫との別れに際しウェールズ語で歌う.

**オーウェン・グレンダワー**　ウェールズの武将.

**リチャード・スクループ**　ヨーク大司教. 反乱の兵を集める.

〈猪頭亭とその仲間たち〉

**サー・ジョン・フォールスタッフ**　騎士. 飲んだくれで, 大ホラ吹き, 天衣無縫の無頼漢. [616 行]

**ポインズ**　王子に追剝の前に妙案を持ちかける.

**バードルフ, ピートー, ギャッズヒル**　仲間たち.

**クィックリー**　イーストチープにある「猪頭亭」の女将.

〘場面〙　イングランド（ロンドン, ロチェスター, ギャッズヒル, シュルーズベリーほか）およびウェールズ（バンゴー）

〘時〙　1402〜1403 年.

## 【あらすじ】(第一部)

「われらは瘧(おこり)に身をふるわせ,心痛に病み蒼ざめている」ので,王は内戦を終結し,聖地エルサレムへ十字軍を派遣しようとする.そこへウェールズの戦況が報告され,延期を余儀なくされる.ハル王子の放蕩仲間たちはカンタベリーへの巡礼者たちを襲う計画をしている.宮廷では王とホットスパーらが捕虜の引き渡しの件で激しく言い争う.(第1幕)

フォールスタッフたちがギャッツヒルで巡礼者たちから獲物を奪う.それを計画通りに,覆面をしたハル王子とポインズが襲って横取りする.後でフォールスタッフは大人数相手に戦ったなどと大ボラを吹く.王子が嘘をばらして本当の事を言うと,フォールスタッフは少しも騒がず,「ライオンも真の王子には手を出さぬという」などと言い逃れる.王から使いが来ると,リハーサルとばかりにフォールスタッフが王に扮し,ハル王子との愉快な即興芝居が始まる.(第2幕)

ウェールズではホットスパーら反乱軍は領土の分配のことで言い争う.王宮では王子が,今までの汚名を晴らすためにも,「みごとホットスパーの首をあげてごらんにいれます」と誓う.王子はフォールスタッフを歩兵隊長にする.(第3幕)

父から重病で参戦できない旨の手紙を受取るが,ホットスパーは意気軒昂である.フォールスタッフは「国王の徴兵権をさんざん悪用して」徴兵逃れをした者たちの代りに「乞食同然」のような者ばかりの兵士を集める.反乱軍の陣営に国王の使者が和解案を伝えると,ホットスパーは,王にしたのは我が一族だったのに,一度王位に就くと誓約を破り不正に不正を重ねたと怒りと不満をぶつける.(第4幕)

シュルーズベリーで戦いとなり,王子はホットスパーを一騎打ちで倒す.死んだ振りをして助かったフォールスタッフは,ホットスパーの死体を見つけ,自分の手柄にしようとする.勝利した王側は手を緩めず,反乱分子たちの討伐にウェールズへ向かうことにする.(第5幕)

## 〖主な登場人物〗（第二部）

〈王と王側〉

**ヘンリー四世**　内乱と皇太子のことで心労が絶えない．聖地への巡礼を果たせないまま他界する．［296行］

**皇太子ヘンリー（ハル王子）**　父の死後，ヘンリー五世として戴冠する．［292行／弟のジョンは108行］

**ランカスター公ジョン**　王の三男．反乱分子を捕える．

**ウェスモランド伯**　反乱軍に立ち向かう．［111行］

**ウォリック伯**　王の忠臣．

**高等法院長**　フォールスタッフを逮捕しようとする．［147行］

**シャロー**［185行］と**サイレンス**　地方判事．

〈反乱軍側〉

**ノーサンバランド伯**　戦死したホットスパーの父．［106行］

**ノーサンバランド伯夫人**　夫に，もう反乱には加わらずにスコットランドに行くように勧める．

**パーシー夫人**　ホットスパーの未亡人．夫を見殺しにしたと義父を責める．

**リチャード・スクループ**　ヨーク大司教．［150行］

**モーブレー卿**と**ヘイスティングズ卿**　反乱に加わり処刑される．

〈猪頭亭とその仲間たち〉

**サー・ジョン・フォールスタッフ**　騎士．飲食代を払わず，兵士を集めるとき賄賂をとるなど破天荒な騎士．ハルが王になったと聞いて，喜び勇んで駆けつけるが….［637行］

**ピストル**「大ボラ吹きのやくざ野郎」

**バードルフ**，**ポインズ**，**ピートー**　仲間たち．

**クィックリー**　「猪頭亭」の女将．［169行］

**ドル・ティアシート**　娼婦．

〖場面〗　イングランド（ロンドン，ウォークワス，ヨークシャー，グロスターシャー）

〖時〗　　1403〜1413年．

ヘンリー四世 第二部 119

## 〚あらすじ〛（第二部）

口上役の「噂」が，王も王子ハルも落命と虚報を広める．

スコットランドに近いウォークワス城にいるノーサンバランドは使者から味方の勝利が伝えられるが，実際は息子のホットスパーは戦死したと知る．ロンドンの街路，フォールスタッフは法院長に会い，反乱軍の討伐に向かうことになった旨を告げられる．ヨーク大司教邸では反乱が計画されている．（第1幕）

フォールスタッフは借金の返済ができずに猪頭亭の女将に告訴されるが，うまく言い逃れ，戦地へ赴く．王子はポインズと話すなかで，王が病気で悲しくてたまらないと打ち明ける．

ヨーク大司教らの軍に参加しようとするノーサンバランドは妻と義理の娘に思いとどまるように言われ，スコットランドで出陣の好機を待つことにする．（第2幕）

王は「王冠をいただく頭には安らぎが訪れることはない」とわが身を嘆くが，ウォリックは反乱を必ず制圧しますと慰める．グロスターシャーでは，サイレンスとシャローが昔話をしている．そこへ旧知のフォールスタッフが兵隊集めにやって来て，賄賂をとり，役に立たないような兵士ばかりを集める．（第3幕）

反乱軍と対峙した総指揮官ジョンは，ヨーク大司教に苦情をただすと約束し，両軍の兵を解散させることにする．ヨークが兵を解散させると逮捕する．約束を破ったと責められた王子は，「ただすべきものは改めようと約束したにすぎぬ」「謀反を企て，実行した以上，その行為に相当する罰を受けるものと覚悟するがいい」と言う．王宮では，王の容態がすぐれない．まもなく予言されていた通りにエルサレムの間で息を引き取る．（第4幕）

新王ヘンリー五世は二人の弟たちに父の死の悲しみを乗り越え，「涙の一滴一滴をしあわせの一刻一刻に変えてみせるぞ，必ず」と誓う．ハルが王位に就いたのを知ってフォールスタッフは勇んで会いに行くが，新王は「おまえなど知らぬ．お祈りに日々をすごすがいい，ご老人」と突き放す．そればかりか改心するまでと，仲間と共に追放処分にするのであった．（第5幕）

〖名場面・名台詞〗
『ヘンリー四世』というと「フォールスタッフが出る芝居」と言われる程で, 注目はフォールスタッフ.
第一部4幕2場, 彼の面目躍如たる台詞.

戦争にはいちばんあとから, 宴会には真先かけてだ,
これが腰抜け武士と食いしん坊の守るべき掟だ.

> To the latter end of a fray and the beginning of a feast
> Fits a dull fighter and a keen guest.

同, 5幕1場, 戦場で死んだ振りをして助かってうそぶく「教義問答」(catechism) は有名な聞きどころ.

名誉ってなんだ? ことばだ. その名誉ってことばになにがある? その名誉ってやつに? 空気だ.

> What is honor? A word. What is in that word honor?
> What is that honor? Air.

第二部4幕5場, ハル王子は, 死の床にある王の枕もとに「不安のもと」「心労の種」である王冠があるのを見てけげんに思う.

なぜ王冠を枕もとになどおいておかれるのだろう?
閨の友としてこれほどわずらわしいものはないはずだが.

> Why doth the crown lie there upon his pillow,
> Being so troublesome a bedfellow?

この後「永の眠りにつかれたか」と思い, 王冠を部屋の外へ持ち出す. 目を覚ました王は誤解するが, 王子は立派に申し開きをする. この場の王と王子の対話は長台詞で聞かせる.

〖余談〗 史実では23歳年上のホットスパーを, シェイクスピアはハル王子と同年齢として対照を鮮明にした.
〖映画〗 1966年,『オーソン・ウェルズのフォールスタッフ』オーソン・ウェルズ監督・出演. 原題の『真夜中の鐘』(*Chimes at Midnight*) はフォールスタッフの台詞 (第二部3幕2場) からで,『ヘンリー四世』二部作を下敷きにした作品.

# ヘンリー五世
## (Henry V)

小田島雄志訳・遠藤栄三演出（2010年，板橋区立文化会館：小ホール）ちらし

〖舞台〗　初演は1979（昭和54）年，小田島雄志訳・出口典雄演出による劇団シェイクスピア・シアターのジァン・ジァン．

　1972（昭和47）年，ロイアル・シェイクスピア劇団の来日公演（日生劇場）では，演出のピーター・ホールとジョン・バートンは「劇中にひそむ喜劇的要素を最大限にひきだしてきた」「老侍女アリスを王女キャサリンと同年近くに若返らせることにより，英語単語を覚える三幕四場の喜劇性を浮きたたせる．カタコトの英語とフランス語によりコトバの喜劇性は，ヘンリー五世がキャサリンの求愛する終幕の場面で最高潮に達し，ヘンリー五世がついにフランス語の辞書を引きながら愛を述べるこっけいさに発展する」（石沢秀二）

## 【主な登場人物】

**コーラス** 〔シェイクスピア劇では常に一人〕口上役［223行］

〈イングランド側〉

**ヘンリー五世** (1387-1422; 在位 1413-22) 王子時代は放蕩生活を送ったが, 王位に就くやいなや「キリスト教徒の国王の鑑」となる. ［1,028行］

**エクセター公** 王の叔父. ［130行］

**ソールズベリー伯とウェスモランド伯** アジンコートで戦う.

**カンタベリー大司教** フランスでの王位の正当性を王に説明し, 援助のため教会から多額の献金を申し出る. ［223行］

**イーリー司教** 王を讃える.

〈裏切り者たち〉

　**ケンブリッジ伯, スクループ卿, 騎士トマス・グレイ**

〈王軍の将校・兵士たち〉

　**フルーエリン** (ウエールズ人)［281行］

　**ガワー** (イングランド人), **マックモリス** (アイルランド人)

　**ジェーミー** (スコットランド人)

　**ウィリアムズ** 王とは知らずに挑戦状をたたきつける.

**ピストル**［159行］, **ニム**, **バードルフ** 王の昔の仲間.

**小姓** ピストルたちに仕えるが, 呆れて手を切ろうとする.

**ネル (クイックリー)** 猪頭亭のおかみ, 今はピストルの妻.

〈フランス側〉

**シャルル六世** フランス王.

**ルイ** 皇太子. 放蕩時代だけを見て, イギリス王を侮る.

**イザベル** フランス王妃.

**キャサリン** フランス王女. ヘンリーと結ばれる.

**アリス** キャサリンの侍女. 王女に英語を教える.

**フランス軍軍司令官** 皇太子と馬談義をする. ［115行］

　【場面】 イングランド (ロンドン, サザンプトン) とフランス.
　【時】　1414〜1420年.

## 〖あらすじ〗

　コーラスが観客に想像力で補ってご覧くださいと乞う．

　ロンドンの王宮でカンタベリー大司教とイーリー司教が，ある法案について案じていると，王はフランスの王位継承の正当性を訊ねる．フランスからの使節は皇太子からの贈物としてテニス・ボールを渡す．王はそのボールをフランスのコートにたたきつけると伝え，遠征を決意する．（第1幕）

　サザンプトンで，王はフランスに買収されて王を暗殺しようとした三人を見破り，刑場へ送る．ロンドンではクイックリーがフォールスタッフの最期の様子を仲間たちに話すと，皆涙する．エクセターがイギリス王の使者として渡仏し，フランス王の王位の引き渡しを求める．（第2幕）

　フランス，ハーフラーの城門前でヘンリー王は軍を鼓舞し，フルーエリンらの将校，ピストル達も攻撃する．「降伏して私の慈悲に身をゆだねるか」「私の剣の血祭りにあげられるか」の即答を王に迫られた市長は，援軍が期待できず降伏する．

　王宮ではキャサリンがアリスから英語を習っている．（第3幕）

　アジンコートでの決戦前夜，圧倒的に劣勢の王は「だからこそいっそう勇気をふるい起こさねばならぬ」と激励のために変装してテントを回る．兵士の命も何もかも王に責任があり，一般庶民が享受する心の安らぎをどれほど捨てなくてはならないのか，と嘆くが，夜が明けて聖クリスピアンの祭日10月25日，両軍戦闘となり，圧倒的に不利だったイギリスの大勝利で終わる．王は近くに見える城の名にちなんで「アジンコートの戦い」と名づけることにする．（第4幕）

　一度帰国し，和平交渉のためにフランスの王宮を訪れたヘンリー王は，キャサリンに求婚する．フランス王は承諾し，お互いが憎しみを捨て，両国の間に二度と血なまぐさい剣を交えることのないように祈る．王妃も両国が，夫婦が体は二つでも心は一つであるように，一心同体であるように願い，一同「アーメン」と祈る．（第5幕）

【名場面・名台詞】
　幕開きのコーラスの口上.
　　おお, 創造の輝かしい天頂にまで炎を噴きあげる詩神
　　ミューズよ, なにとぞ力をかしたまえ! 舞台には
　　一王国を, 演ずる役者には王侯貴族を, この壮大な
　　芝居の観客には帝王たちを与えたまえ!

　　　O for a Muse of fire, that would ascend
　　　The brightest heaven of invention!
　　　A kingdom for a stage, princes to act,
　　　And monarchs to behold the swelling scene!

　1幕2場, テニス・ボールをルイから贈られた王は, 使者に,
　　いずれこのボールにふさわしいラケットが用意でき次第,
　　フランスのコートにおいて一勝負し, 彼の父君の王冠を
　　コーナーぎりぎりにたたき落としてみせよう.

　　　When we have march'd our rackets to these balls,
　　　We will in France, by God's grace, play a set
　　　Shall strike his father's crown into the hazard.

そして「フランスのコートを穴だらけのオンボロコートにしてしまうだろう」と返答する.
　3幕1場, 王が軍を鼓舞する最も有名なスピーチの一つ.
　　もう一度あの突破口へ突撃だ, 諸君, もう一度! それが
　　成らずばイギリス兵の死体であの穴をふさいでしまえ.

　　　Once more unto the breach, dear friends, once more;
　　　Or close the wall up with our English dead.

【余談】　コーラスが言う「この O 字型の木造小屋」(this wooden O) は当時の芝居小屋の形を伝えているとされる.
【映画】　1944年, ローレンス・オリヴィエ監督・出演.「英語が素晴らしく美しい. あれがシェイクスピアの英語だ. シェイクスピアの言葉の音楽には全く堪能させられた」(福原麟太郎)
　1989年, ケネス・ブラナー監督・出演.

# ヘンリー六世 第一部〜第三部
## (Henry VI, parts 1-3)

ケイティ・ミッチェル演出（1995年, グローブ座）ちらし

【舞台】　三部作通しての初演は1981（昭和56）年, 小田島雄志訳・出口典雄演出, シェイクスピア・シアターの俳優座劇場.「公爵や伯爵などが入り乱れて登場し, 当時は戯曲を読んだだけでは人物関係がよく分からなかったのだが, よくしたもので, というか, さすがはシェイクスピア, というか, 生身の役者がそれぞれのキャラクターになり舞台に出てくると, 込み入った系図もスッと頭にはいり, まさに芝居ならではの血の通ったダイナミズムがあった」(松岡和子)

その後の通しには2009（平成21）年に小田島雄志訳・鵜山仁演出の新国立劇場, 2010（平成22）年に松岡和子訳・蜷川幸雄演出の彩の国さいたま芸術劇場での公演がある.

1995（平成7）年, 来日公演でケイティ・ミッチェル（当時29歳の女流演出家）は, 第三部に「王冠のための戦い」との副題をつけ, 薔薇戦争の抗争を3時間半でダイナミックに描いた.

〘主な登場人物〙（第一部）
〈イングランド側〉
**ヘンリー六世**（1421-71；在位 1422-61, 70-71）「私は生まれて九か月で、王に即位した」［178行］
**グロスター公** 王の叔父、摂政．ウィンチェスター司教と激しく対立する．［184行／ウィンチェスターは96行］
**ベッドフォード公** 王の叔父、フランスの摂政．
**エドマンド・モーティマー** 獄中で、甥のリチャード・プランタジネットに王位継承権があると話す．
**ウィンチェスター司教** ボーフォート．王の大叔父、後に枢機卿となる．「緋の衣をまとった偽善者」とグロスターは言う．
**サフォーク伯** ド・ラ・ポール．王の使者として、王妃になるマーガレットを迎えにフランスへ赴く．［174行］
**トールボット卿** フランスで戦う英雄．息子**ジョン**と戦死する．［407行］
〈ヨーク派〉（白薔薇）
**リチャード・プランタジネット** 後にヨーク公．［184行］
**ウォリック伯** ヨーク公を支持する．
**ヴァーノン** ヨーク公を支持し、バセットと言い争う．
〈ランカスター派〉（紅薔薇）
**サマセット公** ランカスター家の旗手．
**バセット** ヴァーノンと争い、共に決闘の許しを王に願い出る．
〈フランス側〉
**シャルル** フランス皇太子、後にフランス王．［134行］
**ジャンヌ・ダルク** フランスの救世主．［255行］
**アランソン公** フランス王に付き添う貴族．
**オーヴェルニュ伯爵夫人** トールボットを城に招く．
**マーガレット** のちの英王妃．

〘場面〙 イングランド（ロンドン）とフランス．
〘時〙 1422〜1444年．

〖あらすじ〗（第一部）

「天は黒雲におおわれ，真昼は夜となるがいい!」とベッドフォードは五世王の崩御を嘆く．ウェストミンスター寺院で葬儀中に，グロスターとウィンチェスター司教は諍いを始める．そこへフランスでは敗戦続きで，「鬼と恐れられた」トールボットが捕虜になったとの知らせが入る．

トールボットは，勇敢な貴族と引き換えに釈放され，再び指揮をとる．シャルルの前に，祖国を救うように聖母マリアの啓示を受けた，という乙女ジャンヌが現れ，劣勢だったオルレアンをイギリス軍から救う．（第1幕）

オーヴェルニュ伯爵夫人はトールボットを捕えて手柄にしようと城に招待するが，トールボットは部下に城を包囲させて出し抜く．

ロンドンのテンプル法学院の庭園ではプランタジネットとサマセットが法律論争で対立し，薔薇戦争の発端となる．ロンドン塔に幽閉され，死の床にあるモーティマーはプランタジネットに，正当な王位継承者はお前だと言って息を引き取る．（第2幕）

グロスターとウィンチェスターの対立は激化し，市内で両派の者たちが激しく争う．**ロンドン市長**は市民が恐怖に陥っている旨を王に訴える．王は二人を和解させようとするがままならない．一方ルーアン市では乙女ジャンヌ・ダルクがフランスを勝利に導くが，再び攻防が続く．（第3幕）

ヨーク公となったプランタジネットとサマセットの対立も激しくなり，王が諫める．密かに王位を狙うヨークは打つ手を考える．一方，ボルドーで戦うトールボットは求めていた援軍が来ず，「ライオンのように奮戦」した息子ジョンと戦死する．（第4幕）

ヨークはついにジャンヌを捕えて火あぶりの刑に処す．

ヘンリー六世はローマ法王からの和議の提案で，フランス王に縁の娘との結婚を決める．王の使者サフォークは「マーガレットは王妃となり，王の心を支配するだろう，だがおれは，王妃も，王も，王国も支配するだろう」と予言する．（第5幕）

## 〖主な登場人物〗（第二部）

〈ランカスター派〉（紅薔薇）

**ヘンリー六世**　宗教心に富むが政治的には弱い．［315行］

**マーガレット**　王妃としてサフォークに連れられて，フランスからやって来る．［317行］

**グロスター公ハンフリー**　王の叔父．枢機卿ボーフォート，サフォークらと激しく対立し，ベッドで絞殺される．［307行］

**エリナー・コバム**　グロスター公の妻．王妃になる夢を見て，呪術師たちをやとって捕まり，流刑にされる．［119行］

**枢機卿ボーフォート**　王の大叔父，ウィンチェスター司教．グロスターを陥れ「邪悪な生きかた」をして死ぬ．［108行］

**サフォーク公**　グロスター公の暗殺を命じ追放され，海賊に殺される．首は愛人マーガレットに届けられる．［297行］

**サマセット公**　ヨークと対立し，子のリチャードに敗れる．

**クリフォード卿**　セント・オールバンズの戦いで戦死，息子が復讐を誓う．

〈ヨーク派〉（白薔薇）

**ヨーク公**　リチャード・プランタジネット．「必ず王笏を手にしてみせるぞ」と王位を窺う．［385行］

**エドワード**　ヨーク公の長男．(後のエドワード四世)

**リチャード**　ヨーク公の三男．(後のリチャード三世，5幕1場で初登場する)

**ソールズベリー伯**　戦いで奮戦して，「冬のライオン」とヨークに讃えられる．

**ウォリック伯**　ソールズベリー伯の息子．「ヨーク公をいつの日か必ず王にしてみせる」と言う「キングメイカー」［132行］

**ジャック・ケイド**　暴徒の首領．反乱を起こしロンドンに攻め入る．［242行］

〖場面〗　イングランド（ロンドン，セント・オールバンズほか）
〖時〗　　1445～1455年．

〖あらすじ〗（第二部）

　サフォークは王妃マーガレットを伴ってフランスから帰国する．しかし，領地を与え，持参金なしの条件を呑んだことにグロスターは憤慨する．

　枢機卿ボーフォートは，サフォークらと結託して，敵対するグロスターを亡き者にしようとする．一方ヨークは，時節が来れば「おれは純白のバラを高々とかかげ」王位に就いてやると野心を吐露する．グロスターの妻エリナーは王妃になる夢を見て，呪術師たちに悪霊を呼びださせているところを捕えられる．（第1幕）

　王たちはセント・オールバンズで鷹狩りに興じていると，盲人だったが，信心のおかげで目が見えるようになったという**シンコックス**が現れるが，グロスターに騙りを見ぬかれ，鞭打ちにされ逃げる．ロンドンではソールズベリーとウォリックが，ヨークを王位に就かせると約束する．法廷でエリナーにマン島へ島流しの裁定が下る．グロスターは街路で，裸足で白衣をまとった妻と悲しい別れを告げる．（第2幕）

　ベリーの寺院でグロスターは，突然大逆罪で捕えられ，その後殺し屋に絞殺される．ウォリックが，犯人はサフォークと見破ると，王は追放に処する．王妃は愛人との別れを悲しむ．ヨークはアイルランドで起きた反乱の鎮圧を命じられ，大軍の兵をまかされたことを喜ぶ．枢機卿の危篤の知らせが入り，王が訪ねると悶死する．（第3幕）

　サフォークはフランスへ送られる途中ケント州の海岸で海賊に殺される．ヨークにそそのかされたジャック・ケイドは王位を要求して反乱を起こすが，鎮圧される．ケイドは逃げて，ケント州の郷士**アイデン**の庭に忍びこみ殺される．（第4幕）

　ヨークはアイルランドから戻り，敵対するサマセットを巡って，ついにヨーク派と王側のランカスター派との全面的な対決となる．セント・オールバンズの戦いとなり，薔薇戦争の幕は切って落とされる．サマセットは戦死し，王は逃げる．ヨークは王を出し抜くべくロンドンへ向かう．（第5幕）

〖主な登場人物〗（第三部）
〈ランカスター派〉（紅薔薇）

**ヘンリー六世**　ヨークとその子孫に王位継承権を与えてしまい王妃からなじられる．［365行］

**マーガレット**　王妃．「フランスの雌狼」は自ら出陣し，ヨーク公を捕えてなぶり殺しにする．その後敗れ，目の前で王子**エドワード**が殺される．［281行］

**クリフォード卿**　父の仇と，幼いラトランドを殺すが，戦死する．［141行］

**息子を殺した父親**

〈ヨーク派〉（白薔薇）

**ヨーク公**　リチャード・プランタジネット．ウェイクフィールドの戦いで敗れ，マーガレットらに刺殺される．［172行］

**エドワード**　ヨークの長男，後にエドワード四世．［436行］

**ジョージ**　ヨークの次男，後に**クラレンス公**．ウォリックの娘を妻にし，ランカスター側につくが後で裏切る．［112行］

**リチャード**　ヨークの三男（後にリチャード三世）「残忍さにかけてはマキャヴェリさえおれの弟子だ」と独白．［404行］

**ジョン・モーティマー**　ヨーク公の叔父．

**エリザベス・グレイ**　未亡人だったが，エドワード四世に見初められて王妃エリザベスとなる．

**ウォリック伯**　ヨーク公死後も子のエドワードを支持するが，婚約のことで王に面目をつぶされ，マーガレット側につく．バーネットの戦いで戦死する．［440行］

**父親を殺した息子**

〈フランス側〉

**ルイ十一世**　フランス王．

**ボーナ姫**　エドワード王との縁談の話が持ち込まれる．

〖場面〗　イングランド（ヨーク・バーネットほか）とフランス．
〖時〗　　1455〜1471年．

## 【あらすじ】（第三部）

　ロンドンに入ったヨークは王座に座る．そこへ王ヘンリーが現れ，激しく対立するが，ヘンリーは「死後はヨーク公と子孫に王位を譲る」と約束する．このことを聞いた王妃は激怒し，自らヨーク家を相手に闘う決意をする．そしてウェイクフィールドの戦いでヨークを捕え，散々に侮辱して殺し，首をヨーク市の城門にさらすことにする．（第1幕）

　父の身を案じるヨークの子エドワードとリチャードは三つの太陽が一つになるのを吉兆と見なしたところへ，父戦死の報が入る．一方，王はもぐら塚に座り，羊飼いの暮らしがいかに幸せかと，わが身を嘆いていると，父親を殺してしまった息子と，息子を殺してしまった父親が死体をかかえて登場する．そこへ王妃と王子が息せき切ってやって来て，敗色濃く，北へ逃げるように促す．一方，ウォリックはヨークの長男エドワードの即位とフランスのボーナ姫との婚約を提案する．（第2幕）

　スコットランドから戻った王ヘンリーは捕えられ，国王となったエドワードの命でロンドン塔に幽閉される．領地の回復を求めてやって来たサー・グレイの未亡人エリザベスに心を奪われた王エドワードは，愛人になることを断られて王妃にする．これをフランスで聞いて面目をつぶされたウォリックはエドワードと絶縁し，マーガレット側につくことにする．（第3幕）

　ウォリックはエドワードを捕え，ヘンリー六世は復位する．捕われのエドワードはリチャードたちに助け出され，一時大陸へ逃げるが，機が熟したと見て帰国し，再びヘンリーを捕える．（第4幕）

　バーネットの戦いでウォリックは敗れ，王妃もテュークスベリーの戦いで敗北する．王子エドワードを目前で殺された王妃はフランスへ送り返され，ロンドン塔に幽閉のヘンリー六世はリチャードの独断によって殺される．ヨーク家の勝利が決定し，エドワード四世は「これからは，永遠の喜びがはじまるのだ」と宣言して幕となる．（第5幕）

〖名場面・名台詞〗（第一部）

1 幕2場, ジャンヌ・ダルクは皇太子シャルルの前に姿をみせて言う.

　　私はイギリス人をうちこらす鞭になれと言われている,
　　今夜, 間違いなく, 敵の囲みを破ってみせるわ.
　　　Assign'd am I to be the English scourge.
　　　This night the siege assuredly I'll raise.

2 幕4場, テンプル法学院の庭園の場は薔薇戦争の発端となる名場面.

　リチャード・プランタジネット（後のヨーク公）は,
　　私の主張するところに真実があるとお考えなら,
　　私とともにこの枝から白バラを手折っていただきたい.
　　　If he suppose that I have pleaded truth,
　　　From off this brier pluck a white rose with me.

と言うと, サマセットは私に味方するなら「紅バラを手折っていただきたい」と言って対立し, 30年に及ぶ内戦へと発展する.

3 幕1場, 王は叔父グロスターと大叔父ウィンチェスターの和解を促す.

　　同胞の争いはこの上なく恐ろしい毒蛇であり,
　　その牙をもって国家の腸（はらわた）を食い破るものだ.
　　　Civil dissension is a viperous worm
　　　That gnaws the bowels of the commonwealth.

4 幕5場, イングランドの英雄トールボットが, 息子と共に戦って死ぬ場面は涙を誘わずにはおかない.

　　では, これがこの世の別れだ.
　　昇る朝日に似たおまえのいのちも, 今日の午後には
　　　日食となるのだ.
　　さあ, 手に手をとって, ともに生き, ともに死のう.
　　　Then here I take my leave of thee, fair son,
　　　Born to eclipse thy life this afternoon.
　　　Come, side by side, together live and die.

## 〖名場面・名台詞〗（第二部）

2幕4場，グロスター公は，引き回しにされてやって来る妻エリナーを待ちながら，栄光と挫折を譬えて言う．

> この上なく晴れわたった空に時として雲がかかり，
> 夏のあとには必ず不毛の冬がやってきて
> その怒り狂い肌を刺す寒風で万物を枯らすように，
> 季節のめぐるままに喜びと悲しみが訪れる．

> Thus sometimes hath the brightest day a cloud,
> And after summer evermore succeeds
> Barren winter, with his wrathful nipping cold:
> So cares and joys abound, as seasons fleet.

3幕1場，虎視眈々と王位を狙うヨークは，大軍を任され，絶好の機会到来と独白する．

> 春の驟雨よりせわしなく次から次へ思いが浮かんでくる，
> その思いはどれもこれも王権を思うものばかりだ．
> おれの頭脳は，蜘蛛よりも懸命に休まず働いて，
> 敵をひっかけるための糸の網を張りめぐらしている．

> Faster than spring-time show'rs comes thought on thought,
> And not a thought but thinks on dignity.
> My brain, more busy than the laboring spider,
> Weaves tedious snares to trap mine enemies.

4幕6場，ケント州で反乱を起こしたジャック・ケイドが，ロンドンに攻め入って言う．その発想が面白い．

> かつてシーザーが勝利の記念としたこのロンドン石に腰をおろし，おれはおごそかに命令する，おれが支配する最初の一年間，あの噴水からは上等の葡萄酒のみを噴き出させろ，もちろん，費用は市がもつのだ．

> And here, sitting upon London Stone, I charge and command that, of the city's cost, the pissing-conduit run nothing but claret wine this first year of our reign.

【名場面・名台詞】（第三部）
 1 幕4場，ヨークはウェイクフィールドの戦いに敗れ，捕えられる．わが子の血に染まったハンカチで涙を拭けと言われ，残酷非道なマーガレットに向かって有名な台詞を吐く．

　　ああ，女の皮をかぶった虎の心！
　　幼子の生き血をしぼりとったハンカチで
　　その父親に目をぬぐえと命ずるとは．

　　　O tiger's heart wrapp't in a woman's hide!
　　　How couldst thou drain the life-blood of the child,
　　　To bid the father wipe his eyes withal.

 2 幕5場，ヘンリー六世は戦場のもぐら塚に座って，王である身を嘆き，羊飼いの暮らしを羨む．

　　なんと楽しい，すばらしい生活ではないか，これは！
　　サンザシの茂みが，無邪気な羊の群れを見守る
　　羊飼いたちに与える陰は，どんなに楽しいものだろう．

　　　Ah! what a life were this! how sweet! how lovely!
　　　Gives not the hawthorn bush a sweeter shade
　　　To shepherds looking on their silly sheep.

 5 幕4場，今や軍を指揮する王妃は，不利な状況にある味方を鼓舞する．

　　諸卿，賢者はいたづらに座して損失を嘆かず，
　　いかにして損害を回復するか前向きに考えるものです．

　　　Great lords, wise men ne'er sit and wail their loss,
　　　But cheerly seek how to redress their harms.

【余談】　第一部は百年戦争（1337-1453）を，第二部・第三部は薔薇戦争（1455-1485）を扱っている．
　「聖女」ジャンヌ・ダルクを，シェイクスピアは当時のイギリス人が持っていたイメージで「売女」「魔女」として描いた．
　フランス・ワインの「タルボ」(Talbot) は，第一部に登場するイングランドの英雄トールボットに因む．

# リチャード三世
## (Richard III)

小田島雄志訳,ジェイルス・ブルック演出・緒形拳主演
(1995年,セゾン劇場) ちらし

【舞台】　初演は1962 (昭和37) 年,福田恆存訳・北村英三演出の大阪毎日ホール.

　二年後には福田恆存訳・演出により日生劇場で上演された.シェイクスピア生誕400年記念公演と銘打って,中村勘三郎 (十七世) 主演であった.勘三郎は初日,「暗い奈落から,ギターのボロロン,ボロロンという音楽に乗って,ズシンズシンと鈍い音を立てて舞台に上がってくる登場で,役者になってはじめて足が震えた始末でした」と回想する.この舞台歴の長い名優にしても初日はこうなのか,と興味深い.

　リチャード三世は,他のシェイクスピア劇にも出演した仲代達矢,平幹二郎,市村正親,江守徹といった日本を代表する俳優によって演じられてきた.異色なのは緒方拳で,初のそして最後のシェイクスピア劇出演であった.

【主な登場人物】

**エドワード四世**（1442-83; 在位 1461-70, 1471-83）　病を患い，リチャードのよこしまな野心に気がつかないまま他界する．

**エリザベス**　王妃．身内の者たちはリチャードの刃にかかるが，娘のエリザベスはリッチモンドに嫁がせる．［276行］

**エドワード**　皇太子．弟の**リチャード**と共に殺される．

**クラレンス公ジョージ**　王の弟．投獄されたロンドン塔で，リチャードが差し向けた死客に殺される．［172行］

**グロスター公リチャード**　王の弟．後にリチャード三世（1452-85; 在位 1483-85）せむしの「悪党」で，手段を選ばず王冠を手にする．［1,171行］（ハムレットに次ぐ台詞数）

**アン**　ヘンリー六世の王子エドワードの未亡人．リチャードはくどき落として妻にするが，邪魔になると「重病で死にそうだと言いふらしてこい」と命じる．（これをアンに聞こえるように言う演出もあった）［167行］

**マーガレット**　ヘンリー六世の未亡人．「醜い皺だらけの魔女め」と言うリチャードたちに呪いの言葉を浴びせる．［218行］

**ヨーク公爵夫人**　エドワード四世たちの母．［142行］

**イーリー司教**　リチャードに突然苺を所望される．

**バッキンガム公**　リチャードの腹心だが，袂を分かち，捕えられて処刑される．［376行］

**ヘイスティングズ卿**　スタンリーの忠告を聞かないのが命取りになる．［150行／スタンリーは101行］

**スタンリー卿**　リッチモンドを支持し，子を人質に取られる．

**リッチモンド伯ヘンリー**　ボズワースでリチャードを倒す．後のヘンリー七世（1457-1509; 在位 1485-1509）［136行］


【場面】　イングランド（ロンドン，ポンフレット，ソールズベリー，ボズワースほか）

【時】　　1471～1485年．

【あらすじ】

　「奸智奸才に長け二心を抱く」グロスター公リチャードは，王冠を手に入れる「筋書きはもうできている」と独白する．街路でロンドン塔へ送られる次兄クラレンスに会い，「二度ともどらぬ道を歩いて行くがいい」と邪魔者を片付けることにする．そしてヘンリー六世の棺に付き添うアンを口説き落とし，宮廷では王の妃とその一族がクラレンスを陥れたと非難する．そこへヨーク家に倒されたヘンリー六世の妃マーガレットが現れ，呪いの言葉を投げかける．（第1幕）

　重病のエドワード王は，王妃と対立する公爵らを和解させるが，うわべだけであった．クラレンスの死が報告され，王も崩御する．我が子，夫，父を失った公爵夫人，王妃，クラレンスの子らの嘆きは深い．王妃の身内と側近は逮捕され，ポンフレット城へ送られる．危険を察知した王妃たちはウェストミンスター寺院へ逃れる．（第2幕）

　ラドローからロンドンへ戻った王子と，幼い弟をリチャードはロンドン塔に幽閉し，邪魔になるヘイスティングズを処刑する．そしてロンドン市長・司教・バッキンガムらを巻き込んで芝居を打ち，王位など望まぬが「市民すべての願い」ならと，しぶしぶの体に見せて王位継承を承諾する．（第3幕）

　ロンドン塔の二人の子を消すように言われた腹心のバッキンガムが躊躇するのを見ると，リチャードは殺し屋を雇う．バッキンガムは身の危険を感じ，ウェールズに逃れる．ランカスター家のリッチモンドの船隊がウェールズに上陸すると聞いたリチャードは急きょ進軍する．（第4幕）

　リッチモンドとリチャードはイングランドの中部ボズワースで決戦に臨む．前夜，殺された者たちの亡霊が二人の夢に現れ，リチャードには呪い，リッチモンドには勝利の祝福を与える．リッチモンドはリチャードを倒し，王女エリザベスとの結婚によってランカスター・ヨークの両家の統合をはかり，ここに薔薇戦争が終結する．（第5幕）

〖名場面・名台詞〗
　1幕1場,グロスター公リチャードの有名な独白で始まる.
　　われらをおおっていた不満の冬もようやく去り,
　　ヨーク家の太陽エドワードによって栄光の夏がきた.
　　　　Now is the winter of our discontent
　　　　Made glorious summer by this sun of York.
　1幕2場,リチャードは自分が殺したヘンリー六世の王子の未亡人を路上で口説き落とす――殺し文句を連ねて.
　　手をくださせた真犯人はあなたの美しさなのだ.
　　あなたの美しさが私の眠りにつきまとって離れず,
　　世界じゅうの男を殺したいと思わせたのだ.
　　　　Your beauty was the cause of that effect――
　　　　Your beauty, which did haunt me in my sleep
　　　　To undertake the death of all the world.
　4幕2場,王冠の為には手段を選ばぬリチャード,後戻りはできない.
　　だがここまで血の流れに足をひたした以上,
　　罪が罪を呼ぶにまかせるほかない.
　　　　　　　　　　　　　　　　But I am in
　　　　So far in blood that sin will pluck on sin.
　5幕4場,絶体絶命のリチャードは叫ぶ.
　　馬をくれ,馬を! 馬のかわりにわが王国をくれてやる!
　　　　A horse, a horse! my kingdom for a horse!

〖余談〗　2012年,レスターの修道院跡から発見された遺骨が1485年に戦死したリチャード三世のものと証明され,大きな話題となった.2015年にレスター大聖堂に埋葬された.
〖映画〗　1955年,ローレンス・オリヴィエ監督・主演.オリヴィエの「顔面はいよいよ蒼白を加え,その鋭いとげとげしい相貌（中略）さすがにそのへんは,映畫ならではの迫力というべきだ」（西村孝次）

# ヘンリー八世
## (Henry VIII)

小田島雄志訳・出口典雄演出（パナソニック・グローブ座, 1993 年）
ちらし（提供＝シェイクスピア・シアター）

【舞台】　初演は 1981（昭和 56）年, 小田島雄志訳・出口典雄演出, 劇団シェイクスピア・シアターのジャン・ジャン.

まず上演されないが, 注目すべき朗読が二つある.

1990（平成 2）年, ロンドンのグローブ座再建のために, 一人でシェイクスピア全作品朗読（「朗読シェイクスピア全集」）の偉業を成し遂げた荒井良雄は, 岩波シネサロンで 2 時間 40 分, 声で見事に演じきった.（107 頁参照）

2014（平成 26）年, 文学座は生誕 450 年祭として, 一年間に渡りシェイクスピア劇を取り上げたが,『ヘンリー八世』はシェイクスピア・リーディング（朗読劇）としてアトリエで上演された. 4 回の公演, 休憩なしの 1 時間 20 分, ヘンリー八世を除いて出演者は全員女性による演じながらの朗読であった.

〚主な登場人物〛

**ヘンリー八世**（1491-1547; 在位 1509-47）　最初の妃キャサリンとの離婚を巡ってローマと対立，アン・ブリンと結婚する．［461 行 / 王妃は 391 行］

**キャサリン**　王妃．離婚され，王宮を離れ，病の床について寂しく世を去る．

**グリフィス**　キャサリンの侍従．ウルジーを批判する王妃に，良い行いもあったと話す．

**アン・ブリン**　王妃に仕える女官．王に見初められて王妃になり，王女エリザベス（後のエリザベス一世）を出産する．

**老婦人**　アンの友人．王妃にならないと言うアンに必ずなる，と言い返す．王女誕生を王に知らせるが，礼金が少ないと愚痴る．

**バッキンガム公**　ウルジーに敵対し，解雇した監督官に不利な証言をされて大逆罪に問われる．［192 行］

**ノーフォーク公**　バッキンガムに，あまり敵意をあからさまにしないように忠告する．［212 行］

**枢機卿ウルジー**　肉屋の倅から王に重用され権勢を極めるが，私利私欲のために法王へ書いた手紙と財産目録が発覚して失脚する．護送される途中で息を引き取る．［439 行］

**枢機卿キャンピーアス**　ローマからの使者．

**宮内大臣**　ウルジーの晩餐会に招かれ，アンから「宝石が生まれ出ないともかぎらぬ」と予感する．［151 行］

**クロムウェル**　最初はウルジーに，後に王に仕える．失脚したウルジーにただ一人同情する．

**クランマー**　カンタベリー大司教．「心に裏表のない善人」と王に言われ，アンの洗礼式を司るよう依頼される．［136 行］

**ガードナー**　ウィンチェスター司教．クランマーを異端として糾弾する．

〚場面〛　イングランド（ロンドン，キンボールトン）
〚時〛　　1520～1533 年．

〖あらすじ〗

　幕開きの口上の後，王宮の一室でバッキンガムとノーフォークは，傲慢な枢機卿ウルジーが勝手放題なことをしていると話す．そこへ枢機卿が登場してバッキンガムとにらみ合う．

　王妃キャサリンは王に，このたびの過酷な税で暴動すら起きているのでご再考を，と願い出る．王は知らず，枢機卿が課したものだった．ウルジー邸で開かれた晩餐会で，王はアン・ブリンを見初める．（第1幕）

　ウェストミンスター宮殿でバッキンガムの裁判が開かれ，有罪が決まる．ウルジーの策略であった．バッキンガムは「醜い恨みはなに一つ，墓のなかまでもちこみたくはない」と言って，潔く見送りの人達に別れを告げる．

　王妃の離婚話が持ち上がっていると噂され，アン・ブリンは心を痛める．ブラックフライヤーズで，王妃は離婚されるようなことは何一つしていません，と弁明する．（第2幕）

　近いうちに王の再婚が公表され，新しい王妃アン・ブリンの戴冠式が執り行われるだろう，と紳士の一人が話す．

　権勢を誇ってきたウルジーであったが，王とフランス王の妹との結婚を画策していたことや，私腹を肥やした財産目録などが発覚して失脚する．クロムウェルは同情し，クランマーがカンタベリーの大司教に任じられたことを話す．（第3幕）

　アン・ブリンの豪華な戴冠式が終わり，行列が街に繰り出し，参列した紳士が式の様子を話す．病で床に臥せている前王妃にウルジーの死が伝えられる．彼女は音楽を奏でさせ，眠りに陥る．すると天使たちが現れ，永遠の幸せを約束してくれる夢を見て，静かに息を引き取る．（第4幕）

　ガードナーはクランマーの失脚を画策している．裁判で異端者として有罪になり，ロンドン塔へ連行されそうになるところを王が現れて救う．王宮ではアン・ブリンが女子を出産し，エリザベスと名づけられ，クランマーが王女の輝かしい未来を予言して幕となる．（第5幕）

【名場面・名台詞】
　2幕4場, 離婚を迫られた王妃キャサリンは申し開きをする. 離婚されるようなことを私がしたでしょうか, と.

　　天も照覧あれ,
　　私は陛下の忠実でつつましい妻でした,
　　お心にそむくようなことは一度もしておりません.
　　　　　　　　　　　　　　　　Heaven witness,
　　　I have been to you a true and humble wife,
　　　At all times to your will conformable.

　3幕2場, 枢機卿ウルジーは失脚して述懐する.

　　おれはまるで浮き袋につかまるいたずら小僧のように,
　　長い夏のあいだ栄光の海を泳ぎまわっていた,
　　そのうちに無謀にも背の立たぬ所にまできてしまった.
　　　Like little wanton boys that swim on bladders,
　　　This many summers in a sea of glory,
　　　But far beyond my depth.

そして「高慢の浮き袋が破れ」沈んでいく, と.

　5幕4場, クランマーはエリザベスの将来を予言する.

　　この姫は, イギリスにとって幸いにも, ご長命の
　　女王となられ, 限りない日々をすごされましょうが,
　　そのうちの一日とて名君の名にふさわしい行為が
　　なされぬ日はないでしょう.
　　　She shall be, to the happiness of England,
　　　An aged princess; many days shall see her,
　　　And yet no day without a deed to crown it.

【余談】　ヘンリー八世は6人と結婚したが, 二人目の妃アン・ブリンは1536年にロンドン塔で処刑され, 碑に名前が刻まれている. (因みに処刑された妻はもう一人, 5番目のキャサリン)
　この芝居で祝砲を打つとき火花が屋根に引火して, グローブ座は焼失した. 1613年のことであった.

## ミュージカルとシェイクスピア

『ロミオとジュリエット』を現代のニューヨークに舞台を移した翻案『ウェスト・サイド物語』は映画・舞台共に世界の観客を魅了してきた不朽の名作である．ブロードウェイの初演が1957年，1961年に映画化され，アカデミー賞を11部門で受賞した．

日本では劇団四季のレパートリーになり，たびたび上演されている．(画像：1995年，日生劇場ちらし)

『キス・ミー・ケイト』(*Kiss Me, Kate*) は「じゃじゃ馬ならし」を下敷きにしたブロードウェイのミュージカル．(1949年初演; 1953年に映画化)「『じゃじゃ馬ならし』をそのままミュージカルにしたのではなく，かなり凝った脚色をしているのが特徴だ．つまり巡業の劇団が劇中劇の形で，ミュージカル版の『じゃじゃ馬ならし』を上演しようという話なのである．そして演じる俳優たちのオフの暮しとドラマの内容とが見事に重なっていく」(『ブロードウェイ・ミュージカル』)

『ヴェローナの恋人たち』は『ヴェローナの二紳士』をミュージカル化した作品 (1972年初演) で「古典に現代風俗を織り込んだ大胆なロック・ミュージカル」(同上) であった．

この二作品はトニー賞をいくつかの部門で受賞した．

ミュージカル仕立ての舞台や映画もあり，映画『恋の骨折り損』(1999年，ケネス・ブラナー監督・主演) の歌とダンスも素晴らしい．

## 黒澤明とシェイクスピア

黒澤明 (1910-1998) の『蜘蛛巣城』(1957年) はマクベスの翻案として名高い. 能の形式を生かしたシーンが随所に見られたが, 海外では『血の王座』(*The Throne of Blood*) の題で公開され,「最も成功したシェイクスピアの映画」と最高の評価を受けた. 舞台化もされ, 2001 (平成13) 年に中村吉右衛門主演で新橋演舞場の舞台にかかった. マクベス夫人役の浅茅は麻実れいであった.

『リア王』の翻案『乱』(1985年) はリアと三人の娘を戦国時代の城主一文字秀虎と三人の息子に置き換えた.「…目にしむは荒野さまよう秀虎の白髪, たのみの三男失った明日なき老父の死. 人間その業の残酷哀れをここに射とめ貫きこの映画は見事完璧であった」(淀川長治)

この二本だけではなかった.

「もう一本の黒澤シェイクスピア」と題して荒井良雄は, アメリカの有名な黒澤明の研究家ドナルド・リチーが1992年, 日本のシェイクスピア記念祭の講演で,『悪い奴ほどよく眠る』(1960年) は『ハムレット』を下敷きにしている, と発表したことを詳しく紹介している.

具体的な10の論証を挙げるスペースはないが, 荒井は「『悪い奴ほどよく眠る』は, 原作がわからないほど, 黒澤映画独自のオリジナリティに富んだ映画であった. これを逆説的に言えば, シェイクスピアの原作を見事に隠し, 翻案のレベルをはるかに超えて, 現代日本の『ハムレット』としての映画化に成功した傑作だと言えるのではないだろうか」と結ぶ.

# ペリクリーズ
## (Pericles)

小田島雄志訳・鵜山仁演出 (2015年, 本多劇場) ちらし

【舞台】 初演は 1976（昭和 51）年, 安西徹雄訳・演出, 劇団円による ABC 会館ホール.

2003（平成 15）年, 彩の国さいたま芸術劇場公演で, 演出の蜷川幸雄は,「舞台の外枠として, 戦禍を逃れ廃墟と化した都市に集まってきた民衆が『ペリクリーズ』を演じ始めるという設定にしています. 日本は戦争とか宗教対立といった世界の最前線の課題から, 遠いところにいるでしょ. だけど, 日本を一歩でも出れば, そういう問題は間近にあるわけで, 僕らもこういう現代世界史の中にいるのだという前提で, この芝居を始めたいと思ったんです」と語る.

2015（平成 27）年, 加藤健一は 1985（昭和 60）年に紀伊國屋ホールでリチャード三世を演じて以来, 30 年振りにシェイクスピア劇を取り上げ, この滅多に上演されないロマンス劇の主人公を, 幕間なしの約 2 時間 10 分の魅力的な舞台で演じた.

〘主な登場人物〙
詩人ガワー　口上役．［308行］
ペリクリーズ　ツロの領主．海上で妻と別れ，娘とは離れて暮らし，苦難の半生を過ごす．［609行］
ヘリケイナス　ツロの貴族．帰国しないペリクリーズの代りに王にと薦められるが，生きて戻ると信じて頑として断る．［123行］
アンタイオカス　アンティオケの王．娘の求婚者に謎を課す．
サリアード　アンティオケの貴族．王にペリクリーズを毒殺するように命じられる
サイモニディーズ　ペンタポリスの王．漂着したペリクリーズを試した後で娘を与える．［157行］
セーザ　サイモニディーズの王女．ペリクリーズの妻となり，海難で死んだと思われるが，ダイアナの巫女になっている．
マリーナ　ペリクリーズとセーザの娘．海上で生まれる．クリーオン夫妻に養育され，立派に成長するが….［186行］
セリモン　エペソスの貴族．医術の心得があり，海岸にうちあげられたセーザを蘇生させる．［109行］
クリーオン　タルソの太守．飢餓に苦しむ国をペリクリーズに救われる．［112行］
ダイオナイザ　クリーオンの妻．ペリクリーズにマリーナの養育を頼まれるが，成長するとその美しさでわが娘がかすむと殺害を目論む．
ライシマカス　ミティリーニの太守．女郎屋で会ったマリーナを庇護し，ペリクリーズに引き合わせる．［103行］
女郎屋のおかみ　客を取ろうとしないマリーナに業を煮やす．
ボールト　女郎屋の召使い．［99行］


〘場面〙　アンティオケ（「シリア一美しい都」）ほか，数か国にまたがる．

〖あらすじ〗
　ガワーが各幕の始めに登場して，口上を述べる．
　アンティオケの王は絶えず訪れる王女の求婚者に対して謎をかけ，解けない者は命を奪った．ツロの領主ペリクリーズは謎の意味が近親相姦と分かり，身の危険を感じて故郷に急ぎ戻る．秘密を知られた王は刺客を放つが，ペリクリーズは海上へ逃れる．最初に着いたのは飢饉に苦しむタルソで，ペリクリーズは船に満載していた小麦を与えて救う．（第1幕）
　再び海上の人となったペリクリーズは，嵐に遭い船は真っ二つに裂けるが，奇跡的に助かりペンタポリスの海岸に漂着する．漁師から翌日に馬上槍試合があることを知り，参加し優勝する．サイモニディーズは王女セーザを与える．（第2幕）
　アンティオケの王と王女は忌まわしい罪の天罰が下って死んだ知らせが入り，ペリクリーズは帰国することにする．ところがまたしても嵐に遭い，妻は姫を産むが死んだと思われ水葬にされる．流れ着いたエペソスで息を吹き返したセーザは，夫と死別したと思って尼となることにする．一方タルソに着いたペリクリーズは太守夫妻にマリーナと名付けた赤子の養育を頼み，ツロに戻る．（第3幕）
　マリーナは王女に相応しい教養を身につけ，「人々の驚嘆と称賛の的」となると，ダイオナイザはマリーナの美貌と才智を妬み，殺害を命じる．ところが寸前にマリーナは海賊にさらわれ，ミティリーニの女郎屋に売り飛ばされる．だがマリーナは操を守り通し，太守ライシマカスの庇護を受ける．（第4幕）
　妻と娘も亡くしたと思って悲しみにくれるペリクリーズはミティリーニに漂着する．誰とも口を聞かないと知った太守は，マリーナになら心を開くのではないかと思い，引き合わせることにする．身の上話を聞いたペリクリーズは，相手が我が子であることが分かり狂喜する．そして夢に出た女神のダイアナのお告げで，神殿に行くと，そこには死んだはずの妻がいて一家めでたく再会し，マリーナは太守と結ばれる．（第5幕）

【名場面・名台詞】
 3幕1場. 海上で, 妻は娘を産んで逝ってしまったと思い, ペリクリーズは嘆く.

> ああ, 神々よ! なぜあなたがたは
> すばらしい贈り物を与えながら, われわれがそれを
> 愛するとすぐにまた奪い去ってしまわれるのです?
>
> O you gods!
> Why do you make us love your goodly gifts
> And snatch them straight away?

 5幕1場. 娘と知らずマリーナに会ったペリクリーズ.

> あのいとしい妻は, この娘に似ていた, そっくりであった,
> そしておれの娘は, 生きておれば, ちょうどこのくらいに
> なっていたろう. わが妃に瓜二つだ, その広い額も,
> すらっとした背丈も, 銀鈴のような声も, 宝石のように
> 輝く瞳も, それを収める宝石箱のように美しい瞼も.
> 歩く姿は女神ジュノーさながら.
>
> My dearest wife was like this maid, and such a one
> My daughter might have been. My queen's square
>   brows,
> Her stature to an inch, as wand-like straight,
> As silver-voic'd, her eyes as jewel-like
> And cas'd as richly, in pace another Juno.

 5幕3場. 妻とも再会したペリクリーズの喜びは尽きない.

> さあ, 海ならぬこの腕のなかにもう一度葬らせてくれ.
>
> O, come, be buried
> A second time within these arms.

【余談】『ペリクリーズ』は中世の詩人ガワーの『恋人の懺悔』に基づく. 彼を口上役にしたのは「自分の劇に素材を提供したこの先輩詩人に敬意を捧げ, (中略) 死を再生に, 不和を和解に転じるロマンス劇の世界に何とふさわしい手法であろう」(青山誠子)

# シンベリン
## (Cymbeline)

江戸馨訳・脚本・演出(2011年,アイピット目白) ちらし

【舞台】 初演は 1980 (昭和 55) 年,小田島雄志訳・出口典雄演出のシェイクスピア・シアターのジャン・ジャン.

2011 (平成 23) 年には,自らの翻訳と独自の解釈でシェイクスピアを上演している江戸薫が主宰する「東京シェイクスピア・カンパニー」が舞台にかけた.

2012 (平成 24) 年,松岡和子訳・蜷川幸雄演出による彩の国シェイクスピア・シリーズ (第 25 弾) の舞台は,「ポステュマスとヤーキモーがそれぞれ女自慢をする場面に,「源氏物語」の「雨夜の品定め」のシーンを重ね合わせた.洋の東西を問わず,男たちは馬鹿な話に夢中になる.大団円では,東日本大震災で残った「奇跡の一本松」が象徴的に登場する」(高橋豊)

この年ロンドン・オリンピックを記念して,全世界から劇団が招聘されて,その国の言語でシェイクスピアの全作品が上演されたが,日本から招かれたのはこの舞台であった.

〖主な登場人物〗

シンベリン　ブリテン王．王女を後妻の連れ子と結婚させようとする．[296行]

王妃　シンベリンの後妻．目的の為には毒薬をも用いようとする邪悪な女．[170行]

クロートン　王妃と先夫の子，粗野で愚か．彼女の夫の服を着てイモージェンを追ってきて殺される．[269行]

イモージェン　シンベリンの先妻の娘．ポステュマスと結婚するが，不貞を疑われる．[605行]（全女性中3番目の台詞数）

ポステュマス・リーオネータス　貧しい紳士．イモージェンの夫．ヤーキモーの嘘を信じ，妻を殺そうとする．[442行]

ピザーニオ　ポステユマスの召使い．イモージェン殺しを命じられて苦悩する．[218行]

ベレーリアス　20年前に誤解され追放された貴族．王の二人の息子をさらって行き，モーガンと名のり育てる．[346行]

グィディーリアス　シンベリンの息子，ポリドーアと名のる．[170行／弟のアーヴィラガスは145行]

アーヴィラガス　シンベリンの息子，キャドウォールと名のる．（二人は育ての親モーガンを実父だと思っている）

フィラーリオ　追放された友人ポステュマスを世話するイタリア人．

ヤーキモー（*or* イアーキモ）　どんな女でもものにできると豪語し，ポステュマスと賭けをする「イタリアの屑」[430行]

コーニーリアス　医師．王妃から毒薬の調合を頼まれるが，「一時的に感覚を麻痺させるだけの薬」を渡す．

ケイアス・リューシャス　ローマ軍の将軍．シンベリンに年貢を要求するが，拒否されて侵攻する．[105行]

〖場面〗　ブリテン（ウェールズほか）とイタリア（ローマ）
〖時〗　　古代ブリテン．

【あらすじ】

　ポステュマスは王に追放され，結婚したイモージェンに別れを告げる．王はクロートンと一緒にするつもりでいたので怒りに触れたのだった．ローマに着いて，どんな女でも口説くことができると言うヤーキモーに，ポステュマスは妻の「操を奪えるほどその道にたけた色事師は一人もいないはずだ」と言い，二人は賭けをすることになる．宮廷を訪ねたヤーキモーはイモージェンにトランクを預かってもらう．（第1幕）

　夜中，寝室に置かれたトランクから出てきたヤーキモーは，イモージェンのほくろや室内の模様を記憶し，腕輪を抜き取り帰国する．その話を聞き，腕輪という証拠品を見せられたポステュマスは妻の不貞を信じるしかなかった．（第2幕）

　ポステュマスから，召使いのピザーニオはウェールズの港町ミルフォードで妻を殺すよう命じる手紙を，妻はそこで待つ，と書いた手紙を受け取り，二人はミルフォードを目指す．途中でピザーニオはイモージェンに真実を打ち明け，主人には殺したと報告することにして戻る．男装したイモージェンは一人洞窟の中で眠ってしまうが，そこは20年前にさらわれた二人の王子，姫の兄弟の洞窟で，戻った二人に歓迎される．（第3幕）

　クロートンはポステュマスの服を着て，イモージェンを追って来る．そして偶然に王子の一人と会って争い，首をはねられてしまう．イモージェンは薬を飲んで死んだように眠り，王子たちに他界したと思われるが，目を覚まし，首のない死体の服を見て，夫と思い込んで気絶する．（第4幕）

　ポステュマスは妻を殺した（と思っている）ことを後悔し，「高価な命の代償に」自分の命を捧げようと，ローマの兵士となり戦争に参加する．シンベリンは敵に襲われ，危いところを一人の老人と二人の若者に救われるが，三人は宮廷から姿を消した家来と王子であったことが分かる．そこへ王妃が狂乱のはてに死んだことが報告され，ヤーキモーは一切を白状する．ポステュマスとイモージェンは再会を喜ぶ．（第5幕）

〖名場面・名台詞〗
 2幕3場, イモージェンの部屋の前で歌われるのは名曲.
　　東の空に高らかにさえずるヒバリをお聞きなさい
　　　　お日様ももうのぼってます
　　　燃える車を引く馬は　花杯の朝露で
　　　　喉の渇きを癒 (いや) してます
　　キンセンカもその眠たげな金の瞼 (まぶた) を開いてます
　　　　Hark, hark, the lark at heaven's gate sings,
　　　　　　And Phoebus gins arise,
　　　　His steeds to water at those springs
　　　　　　On chalic'd flow'rs that lies;
　　　　And winking Mary-buds begin to ope
　　　　　　their golden eyes.
 3幕7場, 男装のイモージェンを見てベレーリアスは驚く.
　　あれはまさに天使だ! でなければ
　　この世の華とたたえるべき人間だ! 見ろ, あの神々しさ,
　　まだ年端 (としは) もいかぬ少年だというのに!
　　　　By Jupiter, an angel! or if not,
　　　　An earthly paragon! Behold divineness
　　　　No elder than a boy!
 5幕5場, ベレーリアスは王子たちを王に返して祈る.
　　どうか天上の神々の祝福が, 王子たちの頭上に露と
　　降り注がれますよう!
　　　　The benediction of these covering heavens
　　　　Fall on their heads like dew!

〖余談〗 「聞け, 聞け, 雲雀を」はシューベルト作曲のピアノ曲でも知られる.
　亡霊はいくつかの芝居に出るが, 家族の亡霊が出るのは, 父の亡霊が出る『ハムレット』と, 亡くなった父母・兄二人の亡霊がポスチュマスの夢の中に出るこの芝居だけである. (5幕4場)

# 冬物語
## (The Winter's Tale)

小田島雄志訳・平幹二朗演出（2011年, 紀伊國屋サザンシアター）ちらし

【舞台】　初演は坪内逍遙訳・加藤長治演出による『冬の夜ばなし』で, 1955（昭和30）年, 早稲田大学・大隈講堂.

小田島雄志訳による初演は1977（昭和52）年, 出口典雄演出によるシェイクスピア・シアターのジャン・ジャン.

1970（昭和45）年, ロイアル・シェイクスピア劇団の初来日公演（日生劇場）は衝撃的であった. リオンティーズが突然嫉妬に襲われるシーンなどに使われる照明を落としてのストップ・モーションとスロー・モーション, エレキ・ギターの演奏, ヒッピー・スタイルで踊る爆発的なゴーゴーなど, 古典を見事現代に蘇らせたと言える.

2011（平成23）年, 全作品の上演を目指す平幹二朗は11作目として『冬物語』を選び, 自らの演出でリオンティーズを好演した.（ハーマイオニは前田美波里）

## 〖主な登場人物〗

**時**　口上役.

〈シチリアの人々〉

**リオンティーズ**　シチリア王. 無二の親友ボヘミア王と妻の不義を疑い, 王の毒殺を命じ, 身重の妻を牢に入れる.［692 行］

**ハーマイオニ**　リオンティーズの妃. 夫にあらぬ疑いをかけられ, 獄中で産んだ子は遺棄を命じられる. 息子の死が伝えられ気を失った後, 死んだことにされる.［211 行］

**パーディタ**　シチリア王女. 生まれてすぐボヘミアの海岸に捨てられ, 羊飼いに育てられる.［131 行］

**マミリアス**　シチリアの幼い王子. 王がアポロの神託を信じないと言った時に死が伝えられる.

**カミロー**　シチリアの貴族. ボヘミア王の毒殺を命じられたが, 王に知らせ, 共に出国する.［299 行］

**アンティゴナス**　シチリアの貴族. 王の命令で, 赤子をボヘミアの海岸に捨てた後, 熊に襲われる.［112 行］

**ポーリーナ**　アンティゴナスの妻. 王に直言して憚らない忠義な女性. ハーマイオニを死んだことにして守る.［340 行］

〈ボヘミアの人々〉

**ポリクシニーズ**　ボヘミア王. シチリア王に不義の疑いをかけられて, カミローに助けられる.［273 行］

**フロリゼル**　ボヘミアの王子. 羊飼いの娘と思っていたパーディタに恋する.［206 行］

**老羊飼い**　パーディタを拾って育てる.［135 行］

**道化**　老羊飼いの息子. モプサに惚れている.［184 行］

**モプサとドーカス**　羊飼いの娘.

**オートリカス**　まがい物を売りつけ, 金を巻き上げ, 盗みを働く陽気なならず者.［294 行］

〖場面〗　シチリア, およびボヘミア.

【あらすじ】

　シチリア王リオンティーズの宮殿に，ボヘミア王ポリクシニーズが訪ねている．帰国がせまると，妻のハーマイオニにも滞在を延期するようにせがませる．ところがその「度が過ぎる」様子を見たリオンティーズは，二人は密通していると思い込み，カミローに毒殺を命じる．カミローに打ち明けられたポリクシニーズは，案内役を頼み，共にシチリアを後にする．（第1幕）

　二人の出奔を知ったリオンティーズは，妻が宿しているのはポリクシニーズの子だ，と言って，忠臣たちの諫めも聞かず，妻を牢に入れる．ハーマイオニが牢で出産した赤子を「祝福を賜わりますよう」とポーリーナが王に見せると，王はアンティゴナスに捨てるよう命じる．（第2幕）

　法廷に引き出されたハーマイオニは，命と名誉のために申し開きをし，神託に訴えアポロの裁きを願う．「ハーマイオニは貞節なり」との神託を聞いた王はそれを信じず，裁判を続けさせようとする．そこへ王子が死んだとの報告が入る．「アポロが怒りたもうたか！神々がおれの不正に鉄槌をくだされたのだ」と言う王は，ようやく自分の非を悟る．王妃は気絶するが，ポーリーナはお亡くなりになりましたと報告する．アンティゴナスは赤子をボヘミアの海岸に捨てるが，羊飼いに拾われる．（第3幕）

　16年の歳月が流れる．ボヘミアの王子フロリゼルは美しく成長した羊飼いの娘パーディタに恋している．毛刈り祭の日，変装して様子を見にきた父は，羊飼いの娘などとは別れなければ王位は継がせぬと言う．カミローは二人にシチリアに行くように勧める．（第4幕）

　二人はシチリアに王子と妃殿下として到着する．ボヘミア王の手紙から，リオンティーズは真実を知るが，王子に味方する．そしてパーディタこそリオンティーズの娘と分かる．礼拝堂でポーリーナはリオンティーズに王妃の彫像を見せると，像は動く．生きていたのか，と驚くリオンティーズ．美しく成長した娘を抱きしめる母親，一家はめでたく再会する．（第5幕）

〖名場面・名台詞〗
　4幕3場，オートリカスが登場して陽気に歌う．
　　水仙の花咲き出せば，
　　ヘイ，ホー，谷間の娘さん，
　　春がきたんだ，ポカポカと
　　血がうずくのもいいじゃないか．
　　　　When daffodils begin to peer,
　　　　　　With heigh, the doxy over the dale!
　　　　Why, then comes in the sweet o' the year,
　　　　　　For the red blood reigns in the winter's pale.
　4幕4場，王子フロリゼルは王女とは知らずにパーディタに恋する．
　　羊飼いの娘ではない，四月のはじめに姿を見せる
　　花の女神フローラだ，きみは．
　　この毛刈り祭りというのはかわいらしい神々の饗宴の
　　ようだ，そしてきみはその女王なのだ．
　　　　　　　　　　　　No shepherdess, but Flora
　　　　Peering in April's front. This your sheep-shearing
　　　　Is as a meeting of the petty gods,
　　　　And you the queen on't.
　同場，パーディタが毛刈り祭りに来てくれた人たちに花を渡す美しいシーンだが，季節がら気に入った花が十分にない．
　　さあ，美しい私の恋人，あなたにはその青春にふさわしい
　　春の花がほしかったのだけど．
　　　　　　　　　　　　　　Now, my fair'st friend,
　　　　I would I had some flow'rs o' th' spring that might
　　　　　　Become your time of day——

〖余談〗　『冬物語』という題がふつうだが，坪内逍遙は『冬の夜ばなし』と訳し，『冬の夜語り』という訳もある．
〖映画〗　1992年，エリック・ロメール監督．

# テンペスト
## (The Tempest)

山田庄一脚本・演出, 鶴澤清治作曲『天変斯止嵐后晴』
(2009 年, 国立劇場・小劇場) ちらし

【舞台】 初演は 1916（大正 5）年, 有楽座. その後は 1950（昭和 25）年, 1955（昭和 30）年に大隈講堂で上演された記録があるくらいだが, 1980 年代からたびたび舞台にかかるようになり, ロマンス劇の中では, 最も上演回数が多い.

『天変斯止嵐后晴』(てんぺすとあらしのちはれ) は山田庄一によって文楽に翻案された作品 (作曲は鶴沢清治) で, 初演は 1992（平成 4）年, 大阪近鉄アート館. 2009（平成 21）年, 国立文楽劇場の開場 25 周年記念公演として, 大阪公演に続いて東京でも上演された. 「浄瑠璃化するに当たって最も感じたのは, 日英両民族の思考, 感覚の相違だった. とくに魔法, 魔女, 妖精などはわが国の概念には存在しないから, 置き替えに適当な対象が見つからぬ. 一応, 人間ではないことがわかるように造形してみた」と山田庄一は記す.

〚主な登場人物〛

**プロスペロー**　正統なミラノ大公だが，弟に追放されて孤島に娘と住む．簒奪者たちを乗せた船が近くを航行した時，魔術で嵐を起こして全員を海岸にうちあげさせ，復讐しようとするが，最後はみなを赦す．そして魔法の杖を折る．［674行］

**ミランダ**　幼い時より孤島で父プロスペローに育てられた．純粋無垢な美しい娘．「天上のもの」と言うファーディナンドと恋に落ちる．［142行］

**アロンゾー**　ナポリ王．12年前にアントーニオが兄を追い出す手助けをした．世継ぎの王子は死んだと思う．［109行］

**ファーディナンド**　ナポリの王子．一人だけ離れた岸辺にうちあげられ，ミランダに会って恋に落ちる．［140行］

**セバスチャン**　アロンゾーの弟．アントーニオにそそのかされて兄を殺そうとするが，エアリエルによって止められる．［120行／アントーニオは148行］

**アントーニオ**　プロスペローの弟．簒奪しミラノ大公となる．

**ゴンザーロー**　「高潔な老顧問官」で，プロスペローが追放された時，密かに生活必需品や本などを渡した．［161行］

**フランシスコー**　ファーディナンドが荒波の中を岸まで泳ぐのを見たと話し，王を気遣う貴族．

**キャリバン**　プロスペローの奴隷．魔女の子で，人か魚かと怪しまれる野蛮で奇形の化け物．「この島はいつも物音や歌声や音楽でいっぱい」と心に残る話をする．［175行］

**トリンキュロー**　道化．［105行／ステファノーは163行］

**ステファノー**　酒飲みの賄い方．キャリバンに酒を飲ませる．

**エアリエル**　空気の妖精．「空を飛び，水にもぐり，火をくぐり，巻き毛の雲に乗り」プロスペローの用をつとめる．［194行］

〚場面〛　海上の船上，孤島．

〚あらすじ〛

　海上の船は嵐に巻き込まれ難波寸前である．近くの孤島ではミランダが父プロスペローに「海がこのように荒れ狂うのも，お父様の魔法によるのでしたら，どうか静めてください」と願い出る．プロスペローは，みな無事で，髪の毛一本なくしたものはいないと娘を安心させ，初めて素性を明かす．島に打ち上げられた王子ファーディナンドは目を覚まし，ミランダを一目見て恋に落ちる．(第1幕)

　別の場所でナポリ王たちも目を覚まし，王子がいないので心配する．他の者たちが再び眠りに陥ったのを見たアントーニオは，セバスチャンに兄を殺して王になるように唆す．手始めに邪魔になるゴンザーローを殺そうとすると，エアリエルが目をさまさせて助ける．ステファノーは島の「四足の化け物」キャリバンに会い酒を飲ませると，キャリバンは「天国の飲物」を持つ神様と家来になる．(第2幕)

　岩屋の近くで，王子はプロスペローにつらい仕事をさせられている．プロスペローが課した試練である．ミランダが姿を見せて慰めると，王子は「この世のなにものにもまさる宝!」と将来を誓う．二人の姿を見てプロスペローは喜び祝福する．キャリバンはステファノーとトリンキューローに「暴君」プロスペローを殺してミランダを奪おうと持ちかける．(第3幕)

　プロスペローはミランダとファーディナンドの結婚を許し，妖精たちが演じる「魔法の織りなす幻の世界」を見せる．キャリバンたちの企みを思い出したプロスペローは，妖精たちに猟犬の姿をさせて，追いまわして懲らしめる．(第4幕)

　プロスペローは岩屋の帳(とばり)を開いて，魔法の術で一つところに閉じ込めていた王たちに，ファーディナンドとミランダが睦まじくチェスをしているところを見せる．ことの不思議さに驚く一同．プロスペローはみなを赦し，二人の婚礼の後ミラノで余生を過ごすことにする．

　エピローグをプロスペローが述べて幕となる．(第5幕)

〖名場面・名台詞〗
　1幕2場, エアリエルが歌う有名な歌の冒頭. 王子ファーディナンドは溺死した父を弔う歌と思う.

　　父は五尋（いつひろ）海の底, その骨はいま白珊瑚,
　　かつての二つの目は真珠.

　　　　Full fathom five thy father lies,
　　　　Of his bones are coral made;
　　　　Those are pearls that were his eyes.

　4幕1場, プロスペローが王子とミランダに幻の世界を見せて, 人間の世界も同じだと言う.

　　われわれ人間は夢と同じもので織りなされている,
　　はかない一生の仕上げをするのは眠りなのだ.

　　　　　　　　　　　　　　　　We are such stuff
　　　　As dreams are made on; and our little life
　　　　Is rounded with a sleep.

　5幕1場, 幼い頃より孤島で父と二人きりで過ごしたミランダは, 初めて大勢の人たちを見て感嘆する.

　　なんてすばらしい！ りっぱな人たちがこんなにおおぜい！
　　人間がこうも美しいとは！ ああ, すばらしい新世界だわ,
　　こういう人たちがいるとは！

　　　　　　　　　　　　　　　　　　　O wonder!
　　　　How many goodly creatures are there here!
　　　　How beauteous mankind is! O brave new world
　　　　That has such people in't!

〖余談〗　一つの筋が, 一つの場所で, 一日のうちに展開する「三統一の法則」に則った作品.（『間違いの喜劇』12頁参照）
　プロスペローが魔法の杖を捨てたのを, シェイクスピアが筆を折って, 故郷に引退したことと重ねて考える学者もいる.
〖映画〗　1991年,『プロスペローの本』ピーター・グリーナウェイ監督, ジョン・ギールグッド主演.

# 図版・引用出典一覧

# 図版・引用出典一覧

## 図版
表紙絵
  Renwick St. James & James C. Christensen: *Shakespeare Sketchbook.* (The Greenwich Workshop Press, 2001)
165 頁　グローブ座
  Michael R. Martin & Richard C. Harrier: *The Concise Encyclopedic Guide to Shakespeare.* (Horizon Press, 1971)

## 引用
 9 頁　出口典雄　　『シェイクスピアは止まらない』(講談社, 1988)
         p. 51
13 頁　河村常雄　　『演劇界』(演劇出版社) 1989 年 1 月号, p. 132
17 頁　加　　　　　『毎日新聞』1975 年 5 月 15 日
21 頁　大笹吉雄　　『毎日新聞』1995 年 4 月 26 日
   山本健一　　『朝日新聞』2007 年 3 月 24 日
24 頁　木下順二　　『シェイクスピア』III (講談社, 1988) p. 403
29 頁　福原麟太郎　『芝居むかしばなし』(毎日新聞社, 1974) p. 181
   森秀男　　　『劇場へ』(晶文社, 1974) p. 185
   滝沢修　　　『朝日新聞』1967 年 12 月 26 日
32 頁　岩崎民平　　『ヴェニスの商人』小英文叢書 (研究社, 1999) p. ii
33 頁　仲代達矢　　『マンスリーとーぶ』2001 年 9 月号, p. 5
37 頁　健　　　　　『朝日新聞』1979 年 6 月 28 日
41 頁　扇田昭彦　　『朝日新聞』1998 年 10 月 6 日
44 頁　松岡和子　　『シェイクスピア「もの」語り』(新潮社, 2004)
         p. 152
45 頁　三神勲　　　『英語青年』(研究社) 1992 年 6 月号, p. 7
   山本健一　　『朝日新聞』2015 年 3 月 19 日
49 頁　山本健一　　『朝日新聞』2015 年 7 月 23 日
57 頁　今村修　　　『朝日新聞』1996 年 1 月 9 日
60 頁　新約聖書　　『聖書』新共同訳 (日本聖書協会, 1998) p. (新) 11
61 頁　天野道映　　『朝日新聞』2005 年 7 月 12 日

| | | |
|---|---|---|
| 62 頁 | 河村常雄 | 『演劇界』(演劇出版社) 1989 年 9 月号, p. 132 |
| 63 頁 | 松岡和子 | 『朝日新聞』1992 年 9 月 16 日 |
| | 山口宏子 | 『朝日新聞』2004 年 1 月 24 日 |
| 67 頁 | 小田島雄志 | 『朝日新聞』1997 年 7 月 4 日 |
| | 音月桂 | 『歌劇』(宝塚クリエイティヴアーツ) 2011 年 2 月, p. 84 |
| 71 頁 | 眠 | 『朝日新聞』1994 年 3 月 5 日夕刊「窓」 |
| 75 頁 | 河竹登志夫 | 『朝日新聞』1968 年 11 月 14 日 |
| | 扇田昭彦 | 『日本の現代演劇』(岩波新書, 1995) p. 106 |
| 81 頁 | 山本安英 | 『舞台と旅と人と』(未来社, 1979) p. 220 |
| 85 頁 | 大笹吉雄 | 『日本現代演劇史 明治・大正篇』(白水社, 2002) p. 475 |
| | 扇田昭彦 | 『朝日新聞』1997 年 8 月 25 日 |
| 88 頁 | 中島健二 | 『この日本で老いる』(世界思想社, 1999) pp. 69-70 |
| 89 頁 | 戸板康二 | 「日本の『マクベス』」大山俊一訳『マクベス』所収 (旺文社文庫, 1974) p. 212 |
| | 中村哲郎 | 『演劇界』(演劇出版社) 1976 年 3 月号, p. 26 |
| 93 頁 | 河竹登志夫 | 『日本のハムレット』(南窓社, 1972) p. 385 |
| 97 頁 | 小田島雄志 | 『演劇界』(演劇出版社) 1971 年 10 月号, p. 28 |
| | 山口宏子 | 『朝日新聞』2007 年 1 月 27 日 |
| 101 頁 | 河竹繁俊 | 「日本におけるシェークスピヤ上演史」『シェイクスピア研究』所収 (新月社, 1949) p. 232 |
| | 扇田昭彦 | 『朝日新聞』1996 年 1 月 13 日 |
| 105 頁 | 横倉辰次 | 『銅鑼は鳴る 築地小劇場の思い出』(未来社, 1976) p. 66 |
| | 大笹吉雄 | 『日本現代演劇史 大正・昭和初期篇』(白水社, 2002) p. 472 |
| 106 頁 | 天野道映 | 『朝日ジャーナル』1988 年 7 月 22 日号, p. 50 |
| | 今村修 | 『朝日新聞』2002 年 9 月 17 日 |
| 107 頁 | 広川治 | 荒井良雄『朗読シェイクスピア全集の世界』(新樹社, 1993) p. 153 |
| 111 頁 | 田之倉稔 | 『朝日新聞』2002 年 9 月 14 日 |
| | 高 | 『毎日新聞』2001 年 7 月 12 日 |

図版・引用出典一覧　165

115頁　水落潔　　　『テアトロ』2013年6月号, p. 55
121頁　石沢秀二　　『朝日新聞』1972年2月18日
124頁　福原麟太郎「映画『ヘンリー五世』」『福原麟太郎著作集』第一巻
　　　　　　　　　所収（研究社, 1968）p. 113
125頁　松岡和子　　『ヘンリー六世』（ちくま文庫, 2009）pp. 601-602
135頁　中村勘三郎『演劇界』（演劇出版社）1977年4月号, p. 71
138頁　西村孝次　　『あるびよん』1956年3月1日号, p. 68
143頁　『ブロードウェイ・ミュージカル』（平凡社, 1992）pp.12, 78
144頁　淀川長治　　『キネマ旬報』1985年7月1日号, p. 39
　　　　荒井良雄　　『キネマ旬報』1994年6月1日号, p. 81
145頁　蜷川幸雄　　『朝日新聞』2003年1月29日
148頁　青山誠子　　『シェイクスピアとロンドン』（新潮社, 1988）p. 127
149頁　高橋豊　　　『テアトロ』2012年6月号, p. 39
157頁　山田庄一　　『国立劇場・第168回公演プログラム』, 2009年9月,
　　　　　　　　　p. 21

グローブ座

## シェイクスピア観劇手帖

| 2016年4月18日　印　刷 | 2016年4月23日　発　行 |

著　者　ⓒ　檜　　振　一　郎

発行者　　佐　々　木　　元

発行所　株式会社　英　宝　社
〒101-0032　東京都千代田区岩本町2-7-7　第一井口ビル
☎ [03] (5833) 5870　Fax [03] (5833) 5872

ISBN978-4-269-72138-8 C3098　　［製版・印刷・製本：(株)マル・ビ］

定価（本体1,200円＋税）

本書の一部または全部を、コピー、スキャン、デジタル化等での無断複写・複製は、著作権法上での例外を除き禁じられています。本書を代行業者等の第三者に依頼してのスキャンやデジタル化は、たとえ個人や家庭内での利用であっても著作権侵害となり、著作権法上一切認められておりません。

## ☆同じ著者によりて☆

シェイクスピア生誕400年記念出版
### 名句とクイズ シェイクスピア一日一言 46/2,200
・詳しい注釈と翻訳で、1～4行の名セリフを原文で楽に読める。
・クイズで背景を知り、芝居の場面を描いた絵画を鑑賞する。
・シェイクスピアを多面的に楽しむ全く新しいタイプの本。
・シェイクスピア入門としても打ってつけの一冊。愛好家必携!

(定価は本体)

勝山貴之著
### 英国地図製作とシェイクスピア演劇 A5/3,200
英国地図製作の実態を明らかにし、時代を生きた劇作家シェイクスピアの思索と創造の軌跡を辿る新たな挑戦。

村井和彦著
### 意味することのもどかしさ A5/3,800
―シェイクスピアにおける言語と人間的行為の研究―
シェイクスピアの言葉の世界を縦横無尽に駆巡り、意味することと人間的行為の本質に迫る精緻な読みの演劇論。

西野義彰著
### シェイクスピア劇の道化 A5/2,400
シェイクスピア劇に登場する道化を登場人物の一人として捉え、各々の道化の特徴などをテキストを軸に考察する。

李 春美著
### エリザベス女王最後の10年間 46/3,200
―シェイクスピアのイングランド歴史劇からの考察―
シェイクスピアのイングランド歴史劇は、四十余年の長きにわたってエリザベス女王の治世を振り返り、エリザベス女王の未定のままの王位継承問題を提供していた。